患 者 の 力

——がんに向き合う，生に向き合う——

佐藤泰子 編著

晃 洋 書 房

目次

序章「患者」　佐藤泰子……1
第一章 命の連鎖——骨髄移植と大文字山——　南出弦（白血病）……21
第二章 私が作り出す『生きる力』　北川ひろ子（白血病）……63
第三章 その他の日、あるいは特別な日——四回の手術を経て——　佐治弓子（結腸がん、大腸がん）……99
第四章 超病論——教壇の社会学者が、臨床のがん患者になった時——　前田益尚（下咽頭がん）……133

第五章　チューリップが咲くまで
中島敬泰……171
（舌がん、ウイルス動脈輪閉塞症（もやもや病））
佐藤淑美……199
（子宮がん）
第六章　円　環
患　者――励まし――（231）
宝　冠（235）
あとがき――「患者の力」とは――（239）

序　章「患　者」

佐藤泰子

なぜ今、「患者の力」と題した本書が、この世に送り出されようとしているのでしょうか。三人に一人ががんで死亡するといわれている現在、がんと共に人生を過ごされている方が少なからずおられることは周知のこととなりました。

ある日、病院で「あなたはがんです」と言われたその日から、「がんと共に」という新しい人生を生きていく覚悟を求められます。病と共に新しい人生を生きていくとは、どういうことなのでしょうか。新しい人生を生きていく患者の力とは、どこから生まれてくるものなのでしょうか。それらの疑問に対して本書執筆者の患者体験が何らかの示唆を与えてくれるでしょう。現実にがんと共生している患者の偽りのない語りから「患者の力」を感じ取っていただけたらと願い本書の上梓となりました。

伏線として「そもそも患者は弱者なのか」という疑問に対し筆者のなかで問いかけながら、「患者の力」について考えてみたいと思います。

本書を分担執筆するにあたって、それぞれの患者体験者は、自らの体験が活字となることに多かれ少なかれ躊躇《ちゅうちょ》された時間があったと思います。安逸な表現が体験の深い闇のなかに沈んでいた神聖な意味をあっけなく裏切ってしまうかもしれない、そんな言語表現の限界と薄っぺらさへの不安に耐える体力を残しながら筆を運んでいたでありましょう。そのような筆者らの惑いや迷いを背負った一文字一文字が梓《あずさ》にちりばめられています。筆者一人ひとりの貴重な体験を読者の皆様のこころのなかに受け止めていただき、生きる力への一助になればと願います。

「患者」と呼ばれたその日から

私たちはいつまでが健常者でいつからが患者なのでしょうか。医療機関で「患者」と呼ばれたその日から、人は「患者」になるのです。つまり、医療機関に足を踏み入れ病名がついた瞬間に私たちは「患者」と呼ばれ、その日から「患者」になります。

日々の生活のなかで、もしかしたら何年も前から何かしらの病を知らないまま抱えていたとしても、病気が発見されるまでは健常者として生き、病気の発見を契機に「患者」になるのです。病が見つけられたその日から私たちの生活や見ている世界は一変します。この「見つける」という契機は、非常に興味深いものです。

科学・医学の視座が患者という存在を構築するのですから、「私の病気が見つけられることによって私の何が変わるのか」とか「患《わずら》うとはどういう体験か」という重大な問いも看過できない命題です。

自分の身体のなかにやっかいなものが見つけられ、入院となりパジャマを着たその瞬間に新参者の「患者」に仕立て上がります。昨日まで着ていたのと同じパジャマを着ているのに、「病院」で、その同じパジャマを着た自分が妙に小さくみえる、そんな感覚のなかトイレの場所や給食の後片付けの仕方、入浴のルールを細い肩を震わせこわごわ教えてもらい、あてがわれたベッド周辺の一・五メートル×二メートルの枠のなかの住人として生きていく覚悟をしなければなりません。

「ここが、しばらくの間の私の居場所なのだ」と自分に言いきかせて、なんとか初日をやりすごすのです。そして入院の日数《ひかず》のなかで、いつか帰るわが家を思いながら自分の「居場所」を確保しようともがきつつ、ぎりぎりの生を確保していきます。絶望と希望の入り混じった複雑な心境のなかで、病院という収容形態の施設に身を置いたとき、患者としての自分の立場のひ弱さを密かに感じる瞬間があります。

病院という非日常の世界に投げ込まれた「患者」は、自分の「居場所」を探して白い壁に囲まれた殺伐とした空間でこころをさまよわせて生きていきます。ときどきやってくる医師や看護師の言葉や態度にそのつど緊張し、その些細な場面展開に自分の生の行方を探ります。

また、見舞いに来た家族の心配をその手のぬくもりに感じながら家族との会話のなかで、寂しさと感謝の入り交じった思いを家族にそっと手渡し、家路につくそのうしろ姿を見送ります。「また来るからね」という言葉を残したまま廊下の角を曲がって見えなくなった家族にわが家のにおいを追いかけ、次の刹那《せつな》に懐かしいにおいを振り切って、病院での小さな「居場所」に無理矢理に自分を引き戻し、「患者」としての自分を治療へ強引に疾駆《しっく》させていきます。家族が帰った瞬間のあのやるせない思いは、わが家という大切な「居場所」をひととき手放した度し難い無念さを増幅させるのです。

そのような居心地の悪い「居場所」を生き直す患者とはどのような「患者の力」をその苦しみのなかに含蓄しているのでしょうか。このことが本書の主題になるでしょう。

居場所

「居場所」とは何なのか。私たちは、おぎゃーと生まれて今日まで、いつも自分の居場所を求めて生きてきたような気がするのです。家族との居場所、学校での居場所、職場での居場所……私たちが生きてきた道筋で、いつも自分の居場所をどこかに確保して生きてきたのではないでしょうか。もちろん、居場所探しは無意識のなかで起こっていたかもしれません。

大きなお屋敷に住んでいても、家族との関係性に寂しさを感じている人は、家庭に自分の居場所が見つからないこともあるでしょう。学校で「シカト」（無視）という残酷ないじめに遭った人は、大勢の生徒のなかでいたたまれない息苦しさを抱えていたでしょう。こんなにたくさんの人が自分の近くにいるのに、自分は他者のこころのなかに存在していないという寂しさを感じていたかもしれません。職場での人間関係に躓《つまず》き、他者がいる場面が遠のき、自分だけが別の世界にいるようで身の処し方のみつからないつらさを感じている人もいるでしょう。

患者になるというのも、居場所の喪失につながるかもしれない深刻で孤独な苦悩を呼び起こす契機であることは否《いな》めないと思うのです。職場を失うかもしれない、学校を辞めなければならないかもしれない、家族の負担になるかもしれない……そのような居場所の喪失の危機を感じているのが「患者」であるということです。

私たちは、自分が想像している以上に多くの集団のなかに所属しています。三つや四つではありません。家庭、学校、友人、同好会、同窓会、職場、地域……恐らくたくさんの集団があなたを支えているはずです。私たちは、これまでの人生のなかで、いつもどこかに所属し、いつも誰かと生きてきました。私たちは、常に「誰かと、どこかに居る」という状況を生きたいし、そうしなければ生きていけない、つまり、いつも「居場所」を探し、「居場所」を確保しながら生きてきました。

病院のなかでも患者としての自分の居場所を確保する手立てを講じる、つまり医師や看護師とどのような関係性を構築し、そのなかで自分の身をどのように置くのかという煩瑣《はんさ》な精神的労作を強いられます。その関係状態をどのように生きるのかを自分に問いつづける作業を要求されている、誰でもない誰かに患者としての自分の生き方を問われ続ける事態を生きているのです。

お気づきかと思いますが、「居場所」とは、単に家や建物やいすのことではなく、他者との関係性のことです。

病と共に生きる自分の生き方を問い続ける時間は、家庭での役割（「お荷物になってはいないだろうか」）、職場での立場（「いづらくなっていくのではないだろうか」）、病院での患者としての姿勢（「立派な態度で治療に臨まなければ医者に嫌われるのではないだろうか」）など、自分の居場所探しのときでもあるのです。

居場所、関係性（間《あわい》）、まなざし（関心）

他者との関係性つまり「居場所」をいつも求めている私たちのありようについて考えてみましょう。ここで「関心、気がかり」という意味を持っている「ケア」とは何かと問うことを端緒に関係性について考えてみましょう。ケアされたいと願う私たちは、ケアにいったい何を求めているのでしょうか。

システムマッサージ機の陥穽

ここで「ケアするものが人でなかったら」という仮定をしてみましょう。「ケアするもの」が「物」であるという状況は、病院ではあまりみられませんが、家庭用の巧妙にシステム化されたマッサージ機がわかりやすいですね。コマーシャルや家電量販店でそれを目にした瞬間、「これは絶対役立つ、いい物だ！　これがあれば、遠慮しながら家族に頼まなくても、いつでもマッサージできるし、どんなに便利で快適なことだろう」と購入した人も多いでしょう。

ところが、この機械を購入した人の何人かから同じ台詞を聞きました。「はじめは喜んで使っていたけど、なんとなく使わなくなった」と言うのです。その高価さ故に購入がかなわなかった筆者は「もったいない、私なら毎日使うのに」と思いましたが、「なぜ、人々が身体的ケアのためのこんな便利な物を使わなくなるのだろうか」と気にかかります。

マッサージをするものが「人」であるか「物」であるかの決定的違いはなんでしょうか。ケアする側が「物」の場合「ケアするもの」と「ケアされる者」とに間に「まなざし」を介した豊かな関係性が存在しないということです。まなざしとは、他者への関心が体現化されたものに他なりません。しかも「ケア」とは、「関心」という意味も含んでいますから、「まなざし」（関心）のない「ケア」（関心）は成立しえないのかもしれません。「居場所」「関係性」「まなざし（関心）」の三つのキーワードにケアに対する本質的な要求が隠れていそうです。

マッサージの話から広げて、ここで「触れる」「触れられる」という日常のありふれた行為について考えてみましょう。

援助職の方たちが患者や利用者の身体に触れる行為は、単に業務上の義務的行為なのではなく、触られる人の存在を触る人の手によって与える、開示する哲学的な意味を担った行為なのです。

一般的には、触れる行為は、触れている人の手が相手の身体を感じている、あるいは触られている相手が触れている人の手を感じていると考えます。たとえば、看護師が患者の身体を触っているとしたら、触れている看護師が患者の身体を「少し熱い、熱があるのかしら」と観察したり、触れられている患者が、看護師の手を「冷たい手だなあ」と感じながら、相手の身体を感じています。

しかし、本当の重要性は、触れている人の手の感触によって、触られている相手が自分の身体の存在を感じることができるということなのです。つまり看護師が患者の身体に触れることによって、触れられている患者自身が自分の身体の存在を感じるのです。たとえば、普段、自分の右肩の存在など考えずに生活していますが、誰かが自分の右肩に触れることで、自分の意識が触れられている右肩に向かい、自分の右肩の存在が立ち上がってくるといったようなことです。

したがって患者に触れる行為は、触れられている患者が自分の存在を確信できる「場」の提供であるといえます。そのとき、患者の存在は看護師と患者との間（あわい）に開かれています。もちろん、看護師の存在も患者との間（あわい）に開かれています。自己の存在は、他者との間（あわい）によって開示されるのです。

自分の身体のある部分を感じるためには、その部分を「動かす」または「自分で触る」ことによって可能となります。たとえば、右肩を動かすか、右肩を触ることで右肩の存在を感じることができます。また、通常、胃を感じることはできませんね。ところが、その部分が痛むとか空腹になるなどの違和感によって胃の存在が立ち上がってきます。

あなたが身体の不自由さを強いられる状態となって自分の身体を動かすことができない、手や足などで自分の身体の一部に触れることもできないと想定してみましょう。その場合でも、自分以外の誰かが、あなたの身体の一部に触れることで、自分の身体の存在を感じることができます。動かしたり、自分で触れたりすることができなくなっても、自己の身体の存在を体感することはできます、それが他者の手であっても可能であるということです。つまり、意識が差し向けられるという意味では違和感であるともいえる他者の手の感覚によって自分の身体が立ち上がってくるのです。

もしも病によって皮膚感覚を奪われていたとしても、人は他者との間（あわい）やまなざし（自分への関心）を感じ取ることさえできれば、他者を感じることができます。他者を感じることは、すなわち自己を感じることであり、自己の存在を確認できることなのです。

ここでは「間」を「あわい」と読むことにします。この「あわい」は時空を超えた「交わりの場」といったものです。「間」というのは、定義が実に困難な概念です。何ものか同士の深い断裂でもあり、何ものか同士の共有の「場」でもあります。筆者が本書で皆さんに感じ取っていただきたい「間」は、何ものか同士を繋ぐ「場」、何ものか同士が交わり、融け合う「場」としての「間」です。ですからことさらに「あわい」と表現しました。赤白の明確な境目をつけられない「淡い」ピンクの境目、赤と白が交わっていく淡い「場」、人と人の境目が断裂のように切り裂かれていない「淡い」

交わりの「場」とイメージしてください。

電子カルテのなかの患者

話を戻して、「ケアするものが物である」というのと反対に「ケアされるものが物であったら」……「関心をもたれるものが物であったら」といってもいいでしょう。そんなことが想定しうるだろうかと思われるかもしれませんが、この状況は現実に臨床の場で散見されます。たとえば、医師、看護師が見ているパソコン上の電子カルテのデータは何として見ているでしょうか。数字もあれば、画像もあります。これらは明らかに「人」ではありません。「物」や「現象を視覚化したデータ」です。それらの「物」のなかに病気という「事」を見つけるのです。「事」を見つけ出すのが診療の上では重要な作業となります。この作業がなければ私たちは、ここまで寿命を延ばすことはできませんでした。

ところが、医師が極端にデータだけを見つめる状況になってしまうと、この態度に疑義を唱える文言が登場するのです。「病気は視るが病人を観ない」と揶揄される医師像です。我々の想像を超える多忙さと過酷な勤務態勢を強いられ、限られた時間のなかで病気という「事」を賢明に見つけ出そうとしている医師には気の毒な言われようではあります。

電子カルテに医療者をくぎづけにすることを余儀なくした医療体制が、医療者からためらいも無く奪ったものは、病める人への「まなざし」です。そのような状況のなかにあっても、本書のなかに登場する医師や看護師たちが、いかに患者をまなざしていたかが読者にも伝わることでしょう。従容《しょうよう》なまなざしを持った「医師の力」「看護師の力」「家族の力」が「患者の力」に相乗《そうじょう》し、患者の生きる力を支えていたことがおわかりになると思います。

まなざしと居場所と生きる力

実際に目を向けるというまなざしに限らず、こころのまなざしも含めて、医師のまなざしが自分に向けられていると感じるだけで、患者は医師と自分の「間（あわい）」を感じ取り、「間（あわい）」に自己の存在を確信します。その確信を与えてくれる「まなざし（関心）」は、自己の存在を担保する他者との関係性そのものをむき出しの状態で与えてくれるのです。飾り気のない「まなざし」が苦悩へのささやかな癒しとなる所以です。

関係性（間《あわい》）、居場所とは他者の「まなざし（関心）」そのものなのかもしれません。誰かが、私をまなざしてくれている、そのまなざしこそが私の「居場所」なのです。まなざしの向こうにある他者の私への関心（ケア）が、私を支える「場」となります。

本書で紹介した患者体験者の周囲に、彼らをまなざす他者が誰一人としていなかったとしたら、彼らはがんと共に生きることに前向きになれたでしょうか。家族、友人、医療者のまなざしを感受しながら自分の存在を確信し、自分を支えていられたと思うのです。

「生き直し」を強いられる過酷な経験のなかで、痛み、苦しみという主観世界の孤独を他者の「まなざし（関心）」なしにどう生きろというのでしょうか。他者には手当のできない手つかずの孤独のなかにあっても、他者の「まなざし」という一筋の光の温かさに包まれて、孤独の鎖を緩め、患者は強く生き抜いてきたのだと思います。

患者は「生き直し」を強いられた状況のなかで「自分の人生を私が生きる」という「当たり前さ」に引き戻されます。私たちは、痛み、苦しみが徹底的に主観世界の出来事であり、痛みの主体であらねばならない現実に孤独を感じながら、そこに「誰か」がいてくれることでようやく自分を支えていきます。私たちは、「関係性」「居場所」「まなざし」を探しながら自分の生を支えてきたのではないでしょうか。「誰かといる」「誰かと生きる」というよく聞くフレーズに人間の生を支える力の本質があると思えるのです。

「患者」"patients"とは

患者を英語で"patients"と言います。"patients"とは、"patience"「耐え忍ぶ」に由来する言葉です。「耐え忍ぶ」ことは弱きことかと思えば、そうではありません。むしろ強きことであると承知できるでしょう。

人間の特徴的なあり方に“homo sapiens”「理性的存在」、“homo faber”「工作的存在」、“homo patiens”「苦しむ存在」の三つがあるといいます。三番目の“homo patiens”「苦しむ存在」は、注目すべき人間のあり方でしょう。“patiens”はギリシャ語の“πάθος”（“pathos”）「受け入れる、受動、耐え忍ぶ、苦しむ」が英語の“passion”「情熱、感情」に進化しました。“patiens”は、“πάθος”を抱えた者つまり苦しむ者が方向性を持って生きようとするときのダイナミズムを感じさせる言葉ではないでしょうか。まさに「生きる」というダイナミズムの源とさえ感じます。

患者は医学の視点から見れば、確かに体のある部分に不具合が生じた弱者に見えるかもしれませんが、「治る」のは“πάθος”を抱え「耐える力」を包摂した「患者の力」によるものであって、医学はその手助けをするものであるに過ぎないのです。

「患者は、そもそも弱者なのか」という問いの答えは、本書を読み終えた後の読者の前に鎮座《ちんざ》しているでしょう。

語りとは

つらいことを誰かに話すという行為は、頭のなかで錯綜している事柄の並べ替え、再構成によって「苦しみと緩和の構造」（参照『苦しみと緩和の臨床人間学―聴くこと、語ることの本当の意味―』佐藤泰子、晃洋書房、二〇一一年、三一―四五頁）を明確にし、ストラテジー（戦略）を浮かび上がらせる、つまり事柄を動かすのか、事柄の意味を変更するのかを自照している作業なのです。誰もが経験し口にする「話して、すっきりした、考えがまとまった、方向が見えてきた」といった素朴な表現は、実は語ることの有効性を誰もが知っていたことの傍証なのでしょう。

語りは、こころのなかの言語化以前の混沌とした体験や表象を時系列と意味の優先順位に配意しながら秩序立てた物語へ翻訳する作業に他なりません。翻訳の過程で言葉や意味が取捨され、語り手にとってほどよく構成された物語の底に落とし込まれた欠如を聴き手が捜索し取り立てたところで意味はありません。どうにもならないことのなかで苦しんでいる人は、どうにもならなさに自ら新しい意味を与え自分のなかに納めていきます。どうにもならなさの意味への問いと答えの往還が物語の欠如を押し退《の》けて「語り」の場に広がる際、他者の存在を欠くことはできません。自他の間《あわい》なしには語りによる言葉の織り直しは実現しないのです。なぜならば、自他合一の不可能性の証である自他の間《あわい》の存在こそが語りの権利要求の根源であるからです。他者との間《あわい》に沈黙のうちに差し出されたパロール以前の言葉は、主体が匿名性に逃げ込もうとする衝動を振り捨てた時、初めて語りの織り糸となります。語りの道行《みちゆ》きで他者の合意を調達されつつ新しい意味を付与され「癒し」の臨場に呼び出された言葉は、人と人の間《あわい》にその身を預け啓《ひら》かれていきます。ただし、語りの手配者の目をかい潜《くぐ》り他者との間《あわい》に押し出されることを免れ、語りの網目から滑り落ちた言葉に主体の勝義の課題が隠されている可能性を忘れてはなりませんが。

患者の語りとは、事態を変更するのか、事態の意味や認識を変更するのかを選択していくという患者の力が現われる「場」なのです。患者は、まず事態の変更、つまり辛い治療に耐えて、回復、社会復帰という理想に向けて船出することを選択していきます。当然ですね。「がんです」と医師に告げられ、「一年後に死ぬのですね、はい、承知しました」とは思いません。とにかく治療によって事態を変えていこうとがんばります。

事態（病気）を「どうにかする」というベクトルは人を予想以上に強くします。なぜなら、動かせるものなら動かしたいし、動いていることそのものが私たち人間の喜びであるからです。「どこか良きところに向かっている」という生の方向性が、生きる力を称揚させるものであろうと思います。しかし、抗がん剤の耐えがたい苦しみ、治療の辛さをどう乗り越えたらいいのか、あるいはこの苦しみの「場」である病院を自分の「居場所」として認めることなどできない、そのような苦悩のなかで患者は何をたよりに自分を支えているのでしょうか。

治るとは

医学によって「見つけられた病」を医学によって治療してきた、つまり医学の力を享受して私たちは生き延びることができた、これは動かざる事実ですが、「治る」「傷を癒す」主体が患者にあるという言及も「患者の力」を考える上で重要になります。一見、医学の力だけで治癒したように見えるものも、実は患者の力に負うところが大きいのもあやなしの事実です。

「傷を癒す」という言葉があります。薬をつけたり、手術で縫い合わせた傷口が閉じていくとき、それは主体が「治る」のです。

傷口近くで凝固系因子が反応し血漿が凝固することに連なって血小板が凝集し、傷口を塞ぎ、さらに組織を再生していく過程も主体の身体の力によるものです。どんな名医も、細胞のなかに入り、傷口の組織再生をしてあげることはできません。主体の実存的身体（誰にも代わりができない、その人自身の身体）による細胞分裂や組織再生を援護するために薬品や手術があるのであって、薬品や手術が細胞分裂、組織再生をするのではないのです。

今日私たちは科学、医学の進歩のおかげで昔と比べ長く生きることができるようになりました。そのような現在、治療の主体は医師にあり、患者は「治される」対象となることは当然のごとくあります。たいへん、困難な手術をしてくださる名医にお願いするとき、「お任せ」するしかありません。患者が自身ではできない重要な治療として、悪いものを取り除いたり、何かをつなぐなどしてもらい、助けていただいた医師や科学の力に感謝します。そんなときも、回復するのは、患者の身体の主体性によるものなのです。

生きる主体としての「私」

がん告知された患者は、この先どうしたらいいのか、自分の置かれた状況に立ちすくんでしまいます。「先生、助けてください」と医師の治療に身を委ねるしかない逼迫感を覚えます。そして、医師は指導的立場で治療を進めていかざるをえません。医師が、そうしたいからというよりも医師のほうでも、そうせざるをえないという状況があります。

なぜなら、患者は、治療するという言葉においては、その動詞の目的格になるからです。つまり、文章にするなら、「医師が患者を治療する」となり、「医師に治してもらう」となりますね。

ところが、治療が一段落し患者が日常生活に戻ることを目標に努力しているとき、回復の主体は自分にあることをいまさらながら再確認します。「生きる主体が自分である」という自明の事柄を再認識するのです。「生きたい」「日常の生活に戻りたい」という思いを現実のものにするのは、「医師ではなく、この自分なのだ」と痛感します。健康が当たり前の生活が突如瓦解された急性期の治療中の患者は、「治る」「生きる」の主語が自分であることに実感がなく、「とにかく治してもらう」という態度が自然であったからです。「治療」については目的格になるのですが、「治る」「治癒」「生きる」の主語は「私」であることを忘れてしまうのです（「私が治る」「私が生きる」）。

「治る」「生きる」の主語を取り戻さざるを得なくなった患者は、社会復帰のために自身で努力を始めます。すると、「私が治る」「私が生きる」つまり「治るのは私なのだ、生きるのも私なのだ」と思い直すのです。患者は、それまで「治る」「治癒」の主体性までも手放し、医師に委譲していたことに、はたと気づきます。「治癒」の主体、つまり「治る」の主語までが、「私」ではなく「あなた」となり、「私が治る」という動詞の主語から「私が」滑落していたことに驚きを覚えます。

そこで、「治る」の主語を「私」に取り戻し、「私が治る」と、治癒の主体性を奪還するのです。そして「私が生きる」という当たり前さにあらためて向き合うことになります。

がんの治療が一通り終わってからが、本当の「がんに向き合う、生と向き合う」ことなのかもしれません。患者は、「私が治る、私が生きる」という大舞台の主人公となって再登場するのです。

がん患者は、常に再発、転移の恐怖を孤独のなかで抱え、自分の生きる方向を探りながら生きています。治療後、患者は、医師に委ねる命ではなく「私の命を私が生きる」という覚悟をし、日常生活に自らを送り返します。そして、どう生きるのかという重要な課題が、自分の手のなかにあることにも気づいていかれます。

「患者は弱者なのか」という問いに対して、今ここにはっきりと「NO」と言います。苦しみを生き抜いた者を弱者と呼べるはずがありません。医療者も実は「患者の力」をどこかで信じつつ、治療を施しているのではないでしょうか。もちろん、そこには医療者の「まなざし（関心）」という光が重要な力になっていたのも事実でしょう。

医者の目、患者の目

病気の捉え方には二つあります。一つは医師からみた分析・治療対象としての"disease"、もう一つは患者の体験としての"sickness"です。

分析・治療対象としての"disease"は、人間や自然を精巧な機械として捉えるものです。つまり人間の身体は機械のようなものであるのだから壊れた部品は修理したり取り替えるという病気や治療の捉え方です。一方"sickness"は、今まさに「気分が悪い」「胸が苦しい」「つらい」といった感情が絡んだ状況を生きている患者の体験そのものを捉えるものです。

ですから、医師の目、患者の目は共に病気を捉えようとしているのですが、誰かの身に起こったある病は、どの立ち位置から見るのかで違った意味を与えられるのです。そもそも病を捉える構えやみる方向が違うのですから、医師と患者との間に時折寂しいすきま風が吹くことがあるのは仕方のないことなのかもしれません。そのすきま風がいいとか、悪いとかというのではありません。これは当然起こる現象なのであって、医師が悪いのでも患者が悪いのでもありません。先に述べたように事態をどこから見るのかによって見え方が違うのですから。

あまつさえ他者を完全に理解することの不可能性というものが、そもそも我々の前に立ちはだかっているし、医師は、科学という確率論のなかで患者（他者）を客観的に見なければ、科学的治療を駆使できないのです。

大事なのは、医師と患者がそのような別の視点で病気を捉えている瞬間が存在しているのだという事実を双方がわかっているということなのです。「ものごと」を見るときの立ち位置の違いによって、「ものごと」はみごとに違った様相で見る者の前に現れてきます。そのことを理解しているだけでも、医療者と患者間の軋轢が生じる度合いが違ってくると思うのです。

もちろん機械論的視座だけでなく一回性を生きる実存として患者の体験（"sickness"）から病を見ようとしている医師、看護師が大勢いらっしゃいます。本書の体験記には、医療者が自らの立ち位置を変更する態度によって患者の側から病を捉えてみようと試みる状況が散見されます。そこから生まれた医療者と患者の力が相補的に絡み合った結果、生きる力を得た患者の生き様が見えてきます。「患者の力」と題しましたが、「患者の力」の「力」には科学的治療力と患者側から病を捉えようとしている医療者のまなざしという二つの大きな力が「患者の力」の向こうに透けて見えているということも伝えたい要諦《ようてい》であります。

本書で紹介する患者体験者は、与えられた居場所をどのようにして受け入れ、患者という立ち位置を生き抜いてきたのでしょうか。「患者を生きる」道筋には、必ず誰かとの関係性のなかに自己の生のいとなみを構築していた場面がみられるはずです。各執筆者のエピソードの奥行きに患者の苦悩と生きる力を読み取っていただければ幸甚です。

第一章　命の連鎖

――骨髄移植と大文字山――

医療ソーシャルワーカー　南出　弦　白血病

平成二四年三月現在、三五歳。家族は妻と一一カ月の息子。

僕には誕生日が二回ある。一回目は、この世に命を授かった、いわゆる戸籍上の誕生日。昭和五一年一二月生まれ、雪が降っていたそうだ。二回目は、骨髄を提供してもらった日。平成一二年五月。まもなく一二歳。そう、僕は「白血病」という病に冒され、骨髄バンクに登録しているドナーから骨髄の提供を受け、まもなく一二年が経過しようとしているのである。

今、元気に生きていることができるのは、骨髄を提供してくれたドナーのお陰であることは疑う余地がない。

この文章は、ドナー、治療で支えて頂いたすべての方、現在闘病中の患者さん、そして家族に捧げたい。そして、一一カ月の息子が大きくなったら、いつか読んでほしい。

「白血病」は、血液のがんと言われ、病態により急性白血病や慢性白血病等に分かれている。治療には、抗がん剤治療や骨髄移植等があり、骨髄移植を受けるためには白血球の型（ＨＬＡ）が完全に一致していることが望ましく、二人兄弟の場合、ＨＬＡが完全に一致する確率は理論的には二五パーセント、四分の一の確率となる。骨髄移植が必要な患者にＨＬＡが一致する身内がいない場合は、骨髄バンクに患者登録をし、ＨＬＡが一致しているドナーを探すことになる。

献血から

平成一一年五月、慢性骨髄性白血病を発症した。滋賀大学教育学部の五回生。友人達はその年三月に卒業し、大学をサボりがちで留年することは自業自得とわかっていながらも、なんとなく疎外感を感じて悶々とし、大学に通う足が重かった。ゴールデンウィークが明け、新緑の季節で緑が青々としていた。新入生が打ち解け始めて学内は賑やかだったが、僕には全く関係がないことだった。

白血病が判明したのは献血だった。一六歳から定期的に献血をしていて、この日も講義に出る気がせず、学内にやって来た献血車両のなかで、いつものように四〇〇ミリリットルの献血を済ませた。誰かの役に立てばと思い献血していたことが少しだけ、誇らしかった。

後日、滋賀県の献血センターから自宅に電話があり、両親は電話口で、「多分、白血病だろうから病院に行くように」と言われていたようだ。大学から自宅に帰ると、両親が献血センターからの電話の内容について報告してくれた。電話の内容では、白血球の数値が異常に高く、貧血も進んでいるとのことだった。そして、おそらく白血病だろうと。最近カラダがだるいと感じていたのはきっと貧血のせいだったのだろう。電話口で、白血病だろうと聞いた両親は、戸惑ったにちがいない。僕といえば、「え?」という感じで、まさに「寝耳に水」状態だった。それでも、神妙な顔をして電話の内容を報告してくれた両親の様子から、深刻な病気であることをすぐに悟った。

宣告

翌日、どんよりとした空模様のなか、両親に連れられて滋賀県立成人病センターに行くことになった。「白血病だろう」と言われていたので、センターに行って「白血病」という告知を受けにいくことは僕たち親子にとって、「死の宣告」を受けに行くようなものだった。

京都から八瀬を抜け、琵琶湖大橋を渡った。橋の手前には遊園地があり、平日のせいか閑散としていた。

自宅を出発してから一時間半程でセンターに到着した。その日のどんよりとした空模様を背景にしてセンターは悠然と建っていて、僕たち親子は、なかに入るのを尻込みしそうだった。

センターのなかに入ると、外来患者の話し声や患者を呼ぶアナウンス、看護師が廊下を走るパタパタという足音が聞こえ、ザワザワしていた。採血を済ませた後、診察室を案内された。僕たち親子は診察室の前に置いていた長椅子に座って、名前を呼ばれるのを待った。診察が終わった患者が診察室から出てくる度に、うつむいていた顔をあげ、次呼ばれるのかドキドキした。しばらくすると看護師が診察室から出てきて他の患者の名前を呼ぶと、ほっとした。

看護師から元気な声で「南出さん」とついに呼ばれた。「はい」と元気のない声で返事し、僕たち親子は診察室に入った。看護師から、「どうぞ」と椅子に座ることを促され、S医師と対面した。S医師は、父より幾分若そうに見えた。採血結果に隈なく目を通した後、申し訳なさそうな表情をしたS医師は、「詳しい検査をしないとわからないですが」という前置きのあと、「白血病です」と断言した。

その瞬間、「白血病であるわけがない」とそれまで僕たち親子がこころの片隅に抱いていたわずかな期待は裏切られ、「白血病である」という現実に直面した。突然、落とし穴に落とされた感じがして、思わず涙があふれた。父は口を一文字にし、母は終始うつむき加減で、それぞれ「事実」を受け止めようとしていた。看護師は慣れた様子で手際よく、「どうぞ」とティッシュを貸してくれた。泣き過ぎたせいなのか、しばらくしてズキズキと頭が痛くなってきた。

病名を告げたS医師は、どう話を続けてよいか、戸惑っているようだった。元気な声で名前を呼んでくれた看護師は、医師の後ろに控えめにただ立っているだけだった。

将来、骨髄移植が必要かもしれないことなど、今後についての説明が終わった後、S医師は僕たちを落ち着かせるためか、「向かいに喫茶店があるから行っておいで」と言ってくれ、僕たち親子は診察室を出ることにした。肩を落としてとぼとぼ歩いている僕たち親子の後ろからは、看護師が次の患者を呼ぶ元気な声が聞こえてきた。告知された僕たち親子は非日常のなかにいたが、看護師は日常のなかにいるんだろうと思った。

センターを出て喫茶店に入ると、元気な声で「いらっしゃいませ」とウェイトレスが言った。ウェイトレスには、「気の毒な患者が来た」と思われたに違いない。何を注文して、両親と何を話したか、覚えていない。

喫茶店を出た後、僕たち親子は広場にある木製のベンチに座って、「治る手立てがある」と言ってくれたS医師の言葉に励まされ、白血病という「事実」を受け止めようとしていた。世界中で一番不幸だと思った。

再び診察室に戻って、京大病院を紹介してもらった。S医師は「また顔を見に行くから」ととても優しい目をして言ってくれた。こうして、闘病生活が始まった。

ピンクのサツキ

五月中旬、京大病院の第一内科を受診した。即入院になると思い、タオルや洗面用具、パジャマ等を車に詰めてきた。もう二度と自宅には帰ることができないんじゃないかと真剣に思っていた。

病院に着き駐車場に車を停めた後、外来棟の入口がなかなかわからず、行ったり来たりしていて、イライラした。

外来棟に着くと、患者でごった返していた。当時の外来棟は、良く言えば歴史がある、悪く言えば古くて汚かった。廊下でゴキブリが這っていたのを一度だけ見たこともあった。NHKの朝の連続ドラマで出てきそうな戦前の雰囲気を思わせた。ちょうど、新しい外来棟を建設している最中で、時折、工事現場で聞こえるようなカンカンという、ものを叩くような金属音がしていた。

名前を呼ばれて診察室に入り、丸椅子に腰をかけた。細身でメガネをかけていたO医師は、滋賀県立成人病センターからの紹介状に目を通した後、「ベッドに横になってください」と聞こえるか聞こえないくらいの声で言って、おなかの触診を始めた。「息を大きく吸って、吐いて」と小声で言うO医師に合わせて、おなかを膨らませたりへこませたりした。触診が終わり手を洗った後、O医師は、ぼそぼそと「白血病ですね」とまた小声で言った。一瞬聞き取りにくく、聞き返そうかとも思ったが、失礼かと思い、やめた。

僕が再び丸椅子に腰をかけてO医師と対面した時、O医師の隣には白衣を着た髪の長いすらっとした美人が座っていた。きっと僕が診察室に入った時から居たのだろうが気がつかなかった。何をする女性なのか、謎だった。O医師の診察を受ける度に診察室で会釈する程度だったが、結局、最後まで何をする女性なのか、謎のままだった。

O医師は言葉数が少なく、言葉を慎重に選んでくれているようで、すぐに信頼できた。時折見せる照れ笑いをした表情と、触診してくれる手がとても優しかった。

結局、ベッドが空いていないこともあって、一旦自宅で待機し、ベッドが空き次第、入院することになった。覚悟を決めて病院に来たので拍子抜けしたが、「また家に帰れる」と思ったら少し嬉しかった。案外、病状は軽いかもしれないと、少し錯覚した。

帰り道、駐車場に向かう敷地内には、濃いピンクのサツキが咲いていて、葉っぱの緑とのコントラストがきれいだった。

自宅で待機していた期間中、インターネットで闘病中の患者のホームページなどを覗いて白血病についての知識を得ること以外、何かをしようとする気がせず、「これからどうなるんだろう」と溜め息をついているだけだった。

インターネットは情報を得られるという面では良かったが、情報の正確さに欠けるものもあり、また、僕自身が白血病であるという事実を受け止めることができていなかったので、インターネットから得る情報にショックを受けたことも多かった。情報を取捨選択する能力が必要であると後から思った。

父は「お金のことは心配せんでいい」と言っていたが、僕は「治療にどれだけお金がかかるんだろう」と心配になった。

入院

五月下旬、ついに入院する日がやってきた。入院日の連絡が京大病院からあってから入院日が近づくにつれ、気分がどんどん暗くなった。入院当日は、最悪の気分だった。後日、当時入院中だった患者から、「入院してきた時、顔がすごく暗かったよ」と言われ、少し恥ずかしくなった。

エレベーターに乗って病棟に着いた。ナースステーションには、勤務の引き継ぎの時間帯なのか、沢山の看護師がいた。父が「今日から入院の南出です」とナースステーションに声をかけると、夜勤明けと思われる、疲れた目をした看護師が笑顔で対応してくれた。

病棟は、消毒液と残飯の匂いが混ざった独特の匂いがしていた。周りを見回すと、廊下や談話室には、頭にバンダナを巻いた痩せた患者やマスクをした患者、ガラガラと点滴棒を押しながら歩いている患者がいて、改めて入院することを実感させられた。「これからどうなっていくんだろう」と思い、憂鬱になった。

病室を案内された後、しばらくして「担当です」とN看護師が来てくれた。体温と血圧、脈を測ってくれ、「困ったことはありませんか」と笑顔で聞いてくれた。話しても白血病という事実が変わるわけがないと思い、「大丈夫です」と小さな声で返事した。

しばらくして、今度は別室に案内され、N看護師から問診があった。「昨日はよく寝られましたか」「不安なことはありますか」と、いかにも教科書に載っているような口調で少し自信がなさそうな声で問診してくれたN看護師は、新卒一年目で僕と同い年であるとのことだった。地方から就職し、生活にもまだまだ慣れず、勤務は日々勉強だと言っていた。慣れない土地で就職して大変だろうと思い、「頑張ってくださいね」と小さく声をかけた。

研修医のI医師とM看護師長が病室まで訪ねてくれた。小柄で丸刈りのI医師は幼くみえた。おそらく私服を着ていたら、医師には見えないと思った。「なんでも言ってくださいね」と元気に声をかけてくれた。話しやすく、治療について沢山質問をぶつけた。どの質問に対してもI医師は丁寧に答えてくれた。M看護師長は、自信たっぷりの表情や体格から、少々のことでは動じないという雰囲気があり、母のような安心感があった。沢山の現場の看護師を束ねるにはそういう雰囲気が必要なのだろうと思った。

昼食が出たが食欲がなく、ほとんど手をつけなかった。

午後から、マルク（骨髄穿刺）という検査をした。マルクは麻酔をしてから胸や腰の骨に針を刺し、骨のなかにある骨髄液を採取し、これにより白血病の種類が特定できる。医師から検査の方法について説明をうけ、どのような検査なのかイメージした。「骨髄液を抜く時、ちょっと痛いけど我慢してくださいね」と言われた。

ベッドに仰向けになり、恐怖心を防ぐためか、顔には布を被せられた。胸の骨に麻酔をされた後、グイグイと胸を強く押されている感じがした。おそらく針を骨のなかに入れているのだろうと思った。

そして、「1、2の3」と医師が声をかけ、注射器を引いた。痛くなかった。「あれっ?」と医師の声がした。医師と看護師の話の内容を聞いていると、どうもうまく骨髄液が採取できなかったようだった。

次の日、再チャレンジをすることになった。胸の骨に針を刺されるのは怖いので、今回は腰の骨からマルクをしてもらえるようにお願いした。うつ伏せになり、「1、2の3」と医師が声をかけた。一瞬、「痛っ」と声が出た。今回は上手く採取できた。

堂々たる大文字山

数日後、マルクの結果が判明し、正式に「慢性骨髄性白血病」と病名が付けられた。その頃には、病名を告げられてもほとんど気持ちは動揺しなくなっていた。

経口薬の抗がん剤で治療を開始していくことになった。ピンク色をしたカプセルのその抗がん剤は、みるからに毒々しかった。

病室からは正面に大文字山が望めた。堂々としている大文字山に、「これから僕はどうなっていくんだろう」という不安な気持ちを悟られているような気がした。

向かいのベッドのKさんは、「京都のどこを探してもこんな良い景色はないぞー」とよく言っていた。Kさんは入院が長いようで、あの医者はどうだとかあの看護師はどうだとか、いろいろ教えてくれた。M看護師長には、普通に考えたら些細と思われるようなことでもよく食いついていた。きっと長い入院生活にイライラしているのだろうと思った。それでも、入院生活をそれなりに楽しんでいるようなKさんの姿にしだいに勇気づけられた。

徐々に入院生活に慣れてきた。病院の食事は美味しくないものと思い込んでいたが、意外にも美味しかった。Kさんも「米だけは美味しいわ」と、表現がいかにもKさんらしくて笑えた。

一日に何回か、掃除のおばちゃんがベッドまで来てくれた。おばちゃんといってもおばあちゃんに近かった。「おはようございます」の挨拶の後に、「外は暑いですよ」とか会話をしながら明るく接してくれた。せっせと仕事をしている姿に「僕も頑張らないと」と思い、元気づけられた。

看護師のT主任は、いつも汗をかいていた。うがい薬の仕入れ先の会社のことを、「チョコレートも製造しているんやし、サービスでチョコレートを送ってくれてもいいはずや」とよく言っていた。僕は苦笑するしかなかった。

春に大学を卒業し、東京で勤めている友人T君が見舞いに来てくれた。「大丈夫?」と不安そうな声で聞いてくれた。病院内の売店で買ってくれたメロンやバナナやリンゴが入った、いかにもお見舞いですと言わんばか

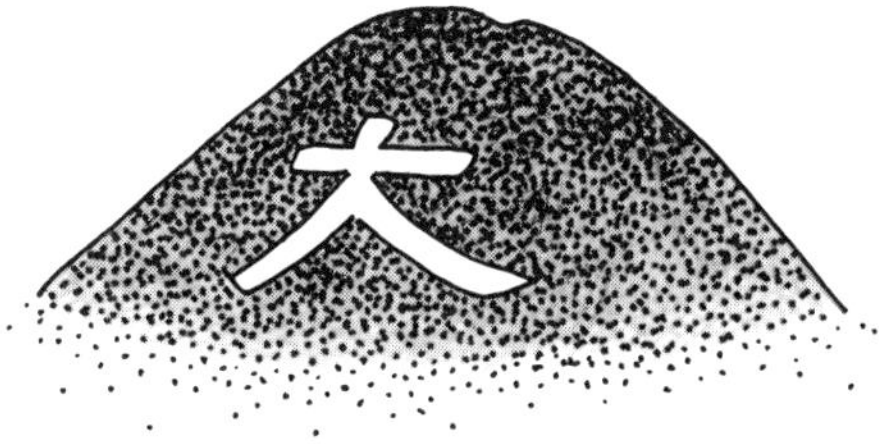

りの果物の詰め合わせを持って来てくれた。気持ちが嬉しかった。数年後、東京の病院でT君が入院した時、いかにもお見舞いですと言わんばかりの果物の詰め合わせを買って、持って行った。

同室のMさんはKさんと同じく入院生活が長く、よくテレビを観ながらゲラゲラと笑っていた。「笑うとNK（ナチュラル・キラー）細胞が増えて免疫力が高まるんです」とよく言っていた。

精子の保存

ある日、Mさんが「精子を保存しとかはったらどうですか」と言ってくれた。「えっ?」と僕。抗がん剤治療や放射線治療をすると、副作用で無精子症になる可能性が高いというのがその理由だった。主治医のO医師からも改めて話を聞き、両親とも相談した。僕は最初、「今は先のことが考える余裕がない」と、精子を保存することには消極的だったが、「将来結婚した時のために」と思い直して、今回の入院中に精子を凍結することにした。

入院中は週一回、教授回診があった。教授が部下を引き連れて患者のベッドまで来て、「どうですか」と優しく声をかけてくれた。声をかけてくれるだけで治りそうな気がした。

七月になった。外はとても暑そうだった。大文字山は、真夏の空によく映えていた。

同じころ、O医師から治療方針についての説明があり、骨髄移植をして完治を目指すことになった。東京に住んでいた兄が帰省し、HLAの検査を受けた。検査自体は採血をするだけなので、すぐに済んだ。

HLAが一致することを期待した。けれど、期待し過ぎると結果が悪い時にショックが大きくなるので、あまり期待し過ぎないように努めた。

後日、HLAの検査結果が判明した。結果は不一致。O医師は「だめでした」と大変申し訳なさそうに僕にそう告げた。兄に電話で「あかんかったわ、仕方ないな」そう伝えた。「そうか」と兄。その後、兄は電話口でしばらく無言だった。「お兄ちゃんは悪くないし気にしなくていいで」と僕。

HLAの検査を通じて、血のつながりというものを強く感じた一方で、血を分けた兄弟でさえ救えない命があることを強烈に実感した。

骨髄バンク登録

「本当にドナーが見つかるのだろうか」という不安を抱えながら、すぐに、骨髄バンクに患者登録を済ませた。O医師から、ぼそぼそと「骨髄バンクを通じて骨髄移植している患者さんも多いですから、多分ドナーが見つかると思いますよ」と小声で言われた。根拠があるのかないのかわからない一言であったが、僕は望みを持った。

この頃、脳死患者からの生体肝移植が京大病院で実施されると報道があり、京大病院には報道関係者が大勢来ていた。テレビで観ていたアナウンサーの姿もあった。無事に移植手術が終わることを願っていた。

骨髄バンクに患者登録した後、将来、骨髄移植をする際に感染源になってはいけないと、八月、外科で痔の手術をすることになった。

外科病棟では、胃がんや肝臓がんの患者と同じ病室だった。七〇歳代後半くらいの年配の患者が、「病院では重症の方が大きい顔して居られますさかいね」と言って、他の患者の笑いを誘っていた。

術前、医師から手術の説明があった。ホワイトボードに肛門の絵や文字を書いて大きな声ではきはきと説明してくれるその様子は、大学で講義を受けているようだった。外科の医師は、内科の医師とタイプが違うものだなとこころのなかで思った。

手術日を迎えた。痔の手術で病室からストレッチャーに乗って手術室に向かうのは少しだけ申し訳ない気がした。手術室に入ると、ストレッチャーから手際よくベルトコンベアーのようなものに移動させられた。まるで、セリで落札され、ベルトコンベアーで運ばれる冷凍マグロのようだった。腰椎麻酔をかけられた後、あっという間に手術が始まった。麻酔が効いていたせいか意識は少しぼーっとしていたが、「ここだね」「そうですね」という医師同士の会話はよく聞こえた。

手術当日の夜、麻酔が切れてからはものすごく痛かったが、日に日に痛みは軽減していった。

送り火

八月一六日は、お盆にこちらに帰ってきている先祖をあの世に見送る「五山の送り火」の日だ。京大病院に入院していた患者のほとんどが大文字山の炎を眺めていた。病室のガラスを隔てて沿道や自宅の屋上から炎を眺めているたくさんの人が見えたが、そこには病室のガラス以上の大きな隔たりがあり、「どうせ元気な人たちには僕の気持ちはわからないだろう」と思った。

夜空に浮かぶ「大」の文字は圧倒的な存在感があり、僕は、「ドナーは本当に見つかるだろうか」という不安な気持ちをまた大文字山に悟られている気がした。

外科病棟に入院中はほとんど毎朝、エレベーターで屋上に行き、病院の自動販売機で買ったコーヒー牛乳を飲むのが日課になっていた。京都市内を見渡せる眺望は圧巻だった。普段なら暑く聞こえる蝉の鳴き声が、すがすがしく聞こえた。

外来棟の工事は相変わらず続いていた。夏の暑さと工事の音で、外は一段と暑そうだった。

別の病気で入院していた患者のTさんに出会った。六歳年上のTさんとはベッドが隣だった。壁に動物の絵が描いてある可愛らしい子ども用の病室だった。僕とTさん以外に入院していた患者はおじいさんだった。子ども用の病室に大人四人で入院しているのは、奇妙な感じがした。

マッシュルームカットを意識したヘアスタイルのTさんは文学部出身で、よく本を読んでいた。「えらいすんまへん」というのが口癖で、処置をしてくれた後の看護師によく言っていた。そんなT

さんが、「人間関係は、時と共に移り変わっていくものなんやで」と言っていたが、僕はその文学的な表現が良いと思い、気に入った。ビートルズやボブディランなどの六〇年代の音楽にも詳しく、すぐに意気投合した。ポールマッカートニーのファーストアルバム「ＭｃＣＡＲＴＮＥＹ」について話をした。僕はポール派だったが、Ｔさんはジョン派だった。

Ｔさんと、病院敷地内にある食堂まで昼ごはんを食べに行った。食堂のなかは外来患者だけでなく、入院患者も沢山いた。パジャマを着た患者が瓶ビールを飲んでいる姿には違和感があったが、気持ちはよくわかった。

ドナーを待つ

九月、外科病棟を退院し、自宅で待機しながらドナーが見つかるのを待つことになった。「骨髄移植」という明確な目標を持っていたので、五月、京大病院に入院までの間自宅で待機していた時と気持ちは大きく違っていた。目標が達成する保障はなかったけれど。両親は、「治って退院やったら良いんやけど」とよく言っていた。京大病院には定期的に通院することになった。

一〇月、キンモクセイの良い匂いが街全体に漂っていた。兄から勧められた、ロン・セクスミスのＣＤを繰り返し聴いていた。「Ｔｅａｒｓ　Ｂｉｈｉｎｄ　Ｔｈｅ　Ｓｈａｄｅ」という曲が気に入った。この曲が持つ寂しげな雰囲気と秋が持つ雰囲気がよく合っていた。そして、今の僕の気持ちにも合っていると思った。

一二月、診察の時にO医師がいつものような控えめな笑顔で、「ドナーが正式に決まったよ」と教えてくれた。O医師から聞いた瞬間、「これで命が助かるかもしれない」と思い、「ほっ」とした。そして、どこの誰かもわからないこの僕に、「骨髄を提供してくれることに同意してくれるなんて、本当にありがたいことだ」と思って感謝した。いつも心配してくれていた兄にもすぐに電話し、ドナーが見つかったことを報告した。兄から「いよいよこれからやな」と言われ、これからの治療のことを考え身が引き締まる思いがした。両親と、「ドナーはどんな人なんやろなー」とよく話をしながら、骨髄移植への期待を膨らませていた。

そして、僕の病状やドナーが骨髄を提供できる時期などを考慮し、翌年五月に骨髄移植を受けることが決まった。

再入院

骨髄移植を受ける際、患者は事前に放射線治療と抗がん剤治療を受けることになる。白血球が下がり、感染の危険性が高くなるので、骨髄移植の前後一カ月程度は無菌室で生活しなければならない。

骨髄移植当日、ドナーは全身麻酔で腸骨から骨髄液を採取される。採取された骨髄液は患者が入院している病院に運ばれ、点滴の要領で数時間かけて患者の体内に入れられる。

平成一二年四月、骨髄移植のための入院の時がいよいよやってきた。ベッドが空いたと病院から電話があった。当初の予定よりも二週間程早くなり少し驚いたが、自宅に居ても落ち着かないし、早めに入院した方が気持ちにゆとりができると思い、すぐに入院する用意をした。

入院当日、とても良い天気で春の日差しは優しかった。鴨川沿いに咲いていた桜は満開だった。京大病院に到着した。外来棟は新しくなっていて、患者であふれていた。ちょうど一年前、初めて京大病院に来た時の「これからどうなるんやろう」という漠然とした不安を持っていたことを思い出していた。今も不安な気持ちだったが、それはこれから始まる治療に対する不安であり、漠然とした不安とは違っていた。

エレベーターに乗って、前回と同じ病棟に到着した。ナースステーションで声をかけた。今回は僕が声をかけた。廊下で出会った看護師からは「いよいよですね」と幾度となく言われ、「いよいよ本番がやってきた」という気持ちを強くさせられた。前の年、問診してくれた同い年のN看護師も声をかけてくれ、表情や話し言葉から、この一年での成長をうかがわせた。M看護師長からは「治すチャンスやね」と言われ、背中を押された。ありがたかった。

再び、正面に大文字山が望める病室だった。昨年と同様、堂々としていた大文字山だったが、「覚悟」を決めていた僕も堂々としていた。

今回は三月にアメリカから帰国したK医師が主に担当してくれることになった。病室まで挨拶にきてくれたK医師は童顔で、メガネの奥から覗かせる優しそうな目が印象的だった。身振り手振りを交えた話し方に説得力があった。自己紹介を済ませると、K医師は触診を始めた。触診が終わったあと、ほとんど何も言わなかったが、事前にカルテをみて確認していた病状が触診して確認できた、という自信たっぷりの表情をしていた。

ドナーへの手紙

入院中の四月中旬、ドナーに手紙を書いた。もちろん、ドナーが誰なのかはわからないけれど、骨髄バンクを介して一度だけ、手紙のやりとりが可能だった。骨髄移植が終わってから手紙を書こうか、骨髄移植の前に書くべきなのか迷ったが、骨髄移植後に手紙を書くことができる保障がないので、骨髄移植の前の今、書くことにした。感謝の気持ちを最大限、言葉に込めて書いた。

同じ時期、夕食後に病院を抜け出して、鴨川沿いまで夜桜を観に行った。ビールを飲みながら談笑している花見客の間を、生ぬるい春風に乗って散っていく桜はキレイだった。発病してから間もなく一年が経とうとしていた。

四月下旬、骨髄移植をする前のいろいろな検査が始まった。検査が終わって病室に戻ってきたらまた検査に呼ばれてと、結構忙しく時間が過ぎた。薬剤師も病室まで来て、治療で使用する薬剤の説明をしてくれた。丁寧にわかりやすく教えてくれ、治療に対する不安が少し軽減した。

栄養をつけて欲しいと、父が舞坂のうなぎ弁当を買って病室まで届けてくれた。大文字山を眺めながら食べた。検査が長引いたせいで冷めてしまっていたけれど、父の想いが詰まったうなぎ弁当はとても美味しかった。

治療を開始した後に使用する、点滴を入れるためのルートもつくってもらった。一度、針の挿入部がどうなっているのか、看護師に鏡を使って見せてもらったが、糸で縫ってあるのを見て、気持ち悪くなった。見たことを後悔した。

僕の前に骨髄移植を受ける予定のNさんが、「僕のことをよく見てくれはったら治療がどんなもんかよくわかると思うで」と言ってくれた。まさに「百聞は一見に如かず」という感じで、僕は治療が始まったNさんの動向に注目した。そして、無菌室に入ったNさんから、Nさんの奥さんを通じて「大丈夫、大丈夫」と聞いていたので、僕は勇気づけられた。

兄夫婦が東京から再び帰省してくれた。義姉は妊娠中でつわりがひどく、談話室で横になっていることが多かった。無事に赤ちゃんを出産してほしいと思った。

ゴールデンウィーク初日、大学時代の友人のT君とK君が見舞いに来てくれた。T君とK君はゴールデンウィークを利用して帰省していた。いずれ髪の毛が抜けるので、事前に丸坊主にしていたが、T君とK君は丸坊主の僕の顔をみて、神妙な顔になった。僕は彼らの手を持って、頭を触らせてやった。一緒に笑った。談話室で記念写真を撮った。「また」と言って帰っていく二人をエレベーターの前で見送った。

抗がん剤治療

ゴールデンウィーク期間中の五月初旬、骨髄移植のための治療がついに始まった。放射線治療が三日間と抗がん剤治療が二日間。もう後戻りはできないと思うとかなり緊張した。

病室から地下の放射線治療室までは車椅子に乗り、看護師に連れて行ってもらった。前の年の入院も含め、車椅子に乗るのは初めての経験だった。車椅子に乗ると視線が低くなるせいかスピードが速い感じがして、少し怖かった。

病院内はザワザワしていたが、地下は静かでひんやりとしていた。放射線治療室のなかに入ると、だだっ広い部屋に案内され、検査技師が手際よく準備をしてくれた。そして、放射線を一時間程度、全身に浴びた。浴びている最中は痛みもなかったが、動いてはいけなかったのが一番辛かった。途中、鼻がかゆくなったが、意識をそらして我慢していた。ひそかに、浴びている最中に気分が悪くなって吐いたらどうなるのか心配していたが、それは大丈夫だった。放射線治療が終わる頃は比較的元気だったが、食欲はなかった。

続いて抗がん剤治療が始まった。事前に吐き気止めの点滴をしてもらい、それから抗がん剤の点滴が始まった。頑張って水分を沢山摂ることをこころがけた。「治療中、氷を口のなかに入れていると口内炎ができないよ」と他の患者から聞いたので、氷を舐めていたこともあった。

最初は大丈夫だったが、しばらくすると胸がむかむかして気分が悪くなってきた。それでもなんとか吐かずに済んでいたが、匂いには敏感になるようで、隣のベッドの患者が食べているインスタントラーメンの匂いを嗅いでついに吐いてしまった。吐いた後も頑張ってご飯を食べないと、と思っていたけれど、K医師からは「食べられなくなったら高カロリーの点滴もあるよ」と事前に言われていたので、無理せず食べないことにした。「良い吐き気止めの点滴を入れるから大丈夫」と医師や看護師から言われていたが、「吐き気止めがなかったらどんなひどいことになるんやろう」と思うとぞっとした。「吐き気があるということは、薬がよく効いている証拠なんだ」と前向きに自分に言い聞かせ、治療に耐えようと頑張った。嵐が通り過ぎるのをひたすら待っているような感じだった。

病室のトイレまで歩くことも辛くなってきたので、ポータブルトイレを置こうかと看護師が提案してくれたが、四人部屋では気が進まなかったので、なんとか病室のトイレまでは歩いていた。

覚悟を決め、堂々とした気持ちで入院してきたはずであったが、治療がどうなっていくのか急に不安になった。窓の外から堂々とした大文字山が、僕を見ているようだった。

個室に移動した。大文字山に見られずに済んだ。

下痢でパンツを汚したことがあり、看護師は念のためにオムツをはくことを提案してくれた。快く提案を受け入れてオムツをつけたものの、オムツでできるわけがなかった。

二日間の抗がん剤治療が終わった。そして、骨髄移植前日、車椅子に乗って無菌室に入った。ものものしい雰囲気の無菌室は、一日中空気清浄機の音が聞こえ、ベッドの周りは透明のビニールで覆われていた。持ち込みたいものは消毒さえしてもらえれば持ち込みができた。消毒されるのは嫌だったけれど、ジョンレノンのアルバム「イマジン」など、数枚のCDを持ち込むことにした。

無菌室に入る時、「行ってきます」と、スペースシャトルに乗って遠い宇宙へ行くような感じがした。しかし、笑顔で手を振って、というわけにはいかなかった。

面会はガラス越しとなり、しゃべるのは内線電話だった。面会が制限されるこの無菌室での一カ月間、なんとか乗り切らなければならなかった。

骨髄移植の日

いよいよ明日は骨髄移植の日だ。明日、無事に骨髄が届いて移植してもらえるか不安な気持ちもあったが、ここまできたら、まな板の上の鯉、人事を尽くして天命を待つ、という心境だった。無菌室に入ったからといって特別に何かをしなければならないということはなかったが、夜は吐き気と下痢でほとんど寝ることができなかった。

移植当日を迎えた。朝早く、京大病院の医師が、ドナーが入院している病院へ行き、採取された骨髄液を受け取り、夕方には京大病院へ帰ってくるというスケジュールだった。

「本当に骨髄液が届くんだろうか」と思い、朝から落ち着かなかった。両親も落ち着かないようで、談話室で待っていると思ったらガラス越しの面会に来てくれて、それを何回も繰り返していた。「今頃、ドナーの病院に着いている頃かな」「もう採取は終わったかな」「今頃新幹線に乗って京大に向かってくれている頃かな」「事故が起きたらどうしよう」と頭のなかでいろいろなことを想像しながら、骨髄液が病室に到着する、その時を待った。医師が骨髄液を大事に脇に抱えて、左右を確かめて道路を渡る姿をなぜか想像して、少し笑えた。

午後三時頃、医師が「届きましたよ」と、パックに入った骨髄液を持って無菌室に入ってきてくれた。「無事に届いてくれた」と安心し、「ほっ」とした。医師が注意深く点滴のルートに接続してくれた。僕はこころのなかで「漏れないよう接続してください」と祈っていた。早速、点滴棒につるされた骨髄液は、点滴の要領で体内に一滴一滴、ゆっくりゆっくりと入ってきた。目にした骨髄液は、普通の血液と見た目はほとんど変わらなかったが、ドナーのいろいろな想いが詰まった骨髄液であると思うと、こころが温かくなった。

ガラス越しには両親が点滴の要領で僕の体内に入っていく骨髄液をただ見ていた。何も言わなくても、両親の気持ちは理解できた。

病気になり、両親には一番心配をかけた。母はほとんど毎日、面会に来てくれた。自宅近くの車折神社と京大病院近くの熊野神社への参拝も欠かさなかった。「明日は面会には来ない」と言いながら、翌日も「家に居ても気になるし」と言って来てくれた。父は「代わってやれるんやったら代わってやりたい」と言葉を詰まらせた。病気になってからの両親の気持ちを考えると、涙が出そうになったので、横を向いて目線を合わせないようにした。

骨髄移植が終わったのは、夜七時くらいだった。僕の体内で、ドナーからプレゼントされた骨髄液が仲良くしてくれることを願った。

移植日以降、放射線治療と抗がん剤治療の副作用の影響で白血球、赤血球、血小板がどんどん下がり始め、体毛が抜け始めた。髪の毛だけでなく、眉毛や鼻毛、すね毛などあらゆる体毛が抜けていったのには少し笑えた。鼻血が出たことがあり、血が止まらず慌ててナースコールを押したこともあった。数回、血小板の輸血をした。白血球を増やす注射もした。注射は皮下注射だったので痛かった。注射をした後は胸骨や腸骨が痛くなり、骨髄で白血球が造られているのだろうと思い、どんどん製造された白血球がベルトコンベヤーに乗って全身に運ばれていく様子を想像した。

食事は加熱されたものが、厳重にアルミホイルに包まれて運ばれてきた。うどんは汁を吸って伸びていた。美味しくなかったが、食欲がなかったので味はどうでもよかった。

無菌室は西日がよく当たるところにあり、ガラス越しの日差しは眩しかったが、太陽の光が気持ちよく感じた。

ドナーからの手紙

ドナーから手紙が届いた。「ドナーから手紙が届きましたよ」と医師が笑顔で無菌室まで届けてくれた。封筒を開けて早速読んだ。内容は、骨髄を提供した後、問題なく無事に退院したという報告と、少しでも元気になってもらえたら、という優しい言葉だった。そして最後に、「合掌」と書いてあったのがとても印象的だった。穴が空くくらい、何度も何度も読み、またこころが温かくなった。

無菌室に入っている間、僕の次に骨髄移植をする予定のTさんが、ガラス越しの面会に何度か来てくれた。Tさんはお姉さんから骨髄の提供を受ける予定で、治療がどういうスケジュールで進んでいくか、不安だったに違いない。僕が、僕の前に骨髄移植をしたNさんに勇気づけられたように、「大丈夫、大丈夫」と笑顔で伝え、勇気づけようとした。Nさんは僕より一足先に無菌室を出たと、面会に来た母から聞いた。

六月初旬、マスクをして車椅子に乗り、無菌室を出て個室に移ることができた。放射線治療と抗がん剤治療が始まってからの約一カ月間、ほとんど歩くこともなく足が細くなり、体重も一五キロ減った。宇宙から帰還した気分だった。少し笑顔が出た。

ビール・うどん・ハーゲンダッツ

父が面会に来た時、「昨日は久しぶりにビール飲んだわ。美味しかった」と目じりにシワをよせ、笑顔で言った。父は、僕の治療が始まってから、何かあってもすぐに病院に駆けつけられるようにと、アルコールを控えていた。

相変わらず食欲がなく、発熱も続いていた。医師に発熱の原因を尋ねても、「うーん」と言って首を傾げるだけだったので、医師にもわからないことがあるのかと思い、それ以来、あまり気にしないようにした。

O医師が突然、病室へやって来て「学生に診させてやってくれますか」と言われた。「はい」と僕。すぐにO医師は学生数人と再び病室にやってきて、触診の仕方などを指導していた。その後、学生に順番に触診することを促したが、照れもあったのか、なかなか触診しない学生に「やる気があるのか」と怒っていた。その光景にはびっくりしたが、教育には必要なことだろうと思った。O医師の触診する手は相変わらず優しかった。

父はよく、病棟のパントリーで、少しでも食べられるようにと、うどんを作ってくれた。口当たりの良いアイスクリームやったら食べられるだろうと、母はよく売店で、少し値段が高いハーゲンダッツをよく買ってきてくれた。

梅雨の時期になり、ひと雨ごとに大文字山の緑が深くなっていた。木々が成長するように、僕の体のなかに入った骨髄も成長してほしいと願った。

骨髄移植後、心配していたGVHD（移植片対宿主病）は強く出なかったが、貧血がなかなか改善せず、歩くとすぐにふらふらになっていた。この頃には、僕の次に骨髄移植をしたTさんも大部屋に移っていた。

廊下でTさんと立ち話をしていた時、Tさんが突然、顔面蒼白になり倒れたことがあり、びっくりした。Tさんも貧血だったのだろう。すぐに回復したが、長話につきあわせたTさんには悪いことをした。

七月に入っても貧血はほとんど改善せず不安もあったが、外泊をして自信をつけることになった。金曜日の夜に自宅に帰り、月曜日の朝、病院に戻った。病院の広さに慣れていたせいか、久しぶりの自宅はすごく狭く感じたが、帰ってこられてとても嬉しかった。少し自信がついた。

再び送り火

そして、七月末、マスクを着用し、兄から退院してから使って欲しいと事前にプレゼントされていた帽子を被って、退院することができた。入院中お世話になった方々に挨拶をした。「よく頑張ったね」と言葉を贈られ、胸が熱くなった。大文字山も、「よく頑張った」と言ってくれているようだった。

M看護師長や担当の看護師がエレベーター前まで見送ってくれた。僕には、テレビドラマの中で患者が、病院玄関前で医師や看護師に花束を渡され見送られている一場面のような感じがしてとても嬉しかった。一方で、退院後の生活や再発するのではないかと、不安な気持ちも大きかった。しかし、少しずつ自信を取り戻していくしかなかった。

病院を出ると、外は日差しが痛いくらいだった。帰り道、車窓からの移り変わる景色がとても速く感じられ、くらくらして目が回るようだった。入院中は動く景色をあまり見なかったから、目が慣れていなかったのだろう。街路樹の緑は濃かった。

自宅に帰ると、栄養をつけて早く元気になって欲しいという兄の想いが詰まった退院祝いの「肉」が届いていた。霜降りの上等そうなその「肉」はとても美味しそうだったが、一切れ食べただけで胃がもたれた。生もの以外は何でも食べても良いということであったが、胃も少しずつ慣らすことが必要だったようだ。

足の筋肉が弱っていたので、マスクと帽子を着用し、リハビリを兼ねて朝又は夕方、毎日散歩した。貧血がなかなか改善せず、呼吸がすぐに荒くなるので、歩いては休んでの繰り返しだった。たまに、父と一緒に宝が池の周りを散歩したが、歩くことに精一杯で、池の畔を眺める余裕はなかった。

八月一六日、「五山の送り火」の日がやってきた。自宅近くの幹線道路まで行くと鳥居が見えるので、見に行くことにした。一年前に京大病院で眺めた大文字山のことを思い出し、この一年間に起こったいろいろな出来事を振り返った。

「京都のどこ探してもこんな良い景色はないぞー」とよく言っていたKさんと、「笑うとNK細胞が増えて免疫力が高まるんです」とよく言っていたMさんが亡くなった。Kさんには入院生活を快適に送る術を教えてもらい、Mさんには精子を凍結することを助言してもらった。二人に感謝した。

退院後、定期的に診察と点滴のために通院していたが、診察の後、一歳年上のS君の見舞いをした。入院中に何度か会話をして仲良くなっていた。見舞いに行くと窓の外を見ながら、涙を流していた。「どうしたん?」とたずねると「もう助からへんと言われた」とのことであった。返す言葉が見つからなかった。S君にそう告げた医師には「なんてことを言うんだろう」と怒りを感じたが、すぐに後悔した。治療の経過や患者と医師の信頼関係があってのことで、第三者の僕が口を出すことではないと気がついたからである。次に見舞いへ行った時には個室に移っていて意識がなかった。同じ病気であっても、骨髄移植を受けられるか受けられないかで命に線が引かれる思いがして辛かった。

復学そして卒業

最初に入院した時に担当してくれていた研修医のI医師から暑中見舞いのハガキがきた。宛先をみると静岡県だった。決してキレイとは言えない字であったが、丸刈りで頑張っている様子が目に浮かび、嬉しくなった。僕も頑張らなければと思った。

平成一三年四月、復学した。約二年振りの通学となった。新入生は初々しく見えた。校舎などはほとんど変わっていなかったが、僕は「頑張って卒業しよう」という気持ちで溢れていて、二年前の気持ちと大きく変っていた。この二年間での経験が僕の気持ちに変化をもたらしていた。

五月某日、骨髄移植を受けてちょうど一年が経った。退院後、外来でも診察してくれていたK医師は診察の度に「経過は良いよ」と言ってくれていたが、僕は「一年を迎えることができた」と安堵の気持ちだった。兄から電話があり、「おめでとう」という内容かと思ったら、その日は「母の日」だったので母に「ありがとう」という内容の電話だった。

骨髄バンクのボランティアのイベントに出演するために鳥取県米子市に行くことになった。鳥取県で骨髄バンクのボランティアをしているTさんは、数年前に息子さんを亡くされていた。息子さんは僕と同い年で、骨髄移植のドナーを待ちながら亡くなられたそうだ。Tさんや他のボランティアの方の話を聞くにつれ、僕が今こうして生きていられるのは、ドナーを増やそうと日々、活動してくれているボランティアの方のお陰であることを実感して感謝の気持ちでいっぱいになった。

八月、滋賀大学の健康管理センターのY医師が京大病院血液内科の医師であったこともあり、Y医師の授業で講義させてもらうことになった。Y医師からは「何をしゃべってもいい」と事前に許可を得ていたので、それまでの闘病生活を通じて感じたことを話した。話することで自分の頭のなかを整理することができ、良い経験になった。学生も熱心に話を聞いてくれていたので嬉しかった。可笑しかったのは、学生が学生に講義をしたことである。

Y医師は小柄で口ひげを生やしていて、政治の話をよくしていた。昼ごはんをご馳走になった時、

Y医師が「生きていることに意味があるんだよ」と言ってくれていて、就職のこと等の将来について不安を持っていた僕は気持ちが楽になった。

そして、平成一四年九月に卒業することができた。いろんなことがあったけれど、卒業できて良かった。

兄の骨髄提供

平成一八年一月、兄がドナーとなり、骨髄を提供した。平成一一年七月、僕とＨＬＡが適合しないことがわかった段階で、兄はすぐに骨髄バンクにドナー登録した。そんな兄が誇らしかった。当時、神戸に住んでいた兄だったが、骨髄の提供は京大病院で行うことにした。僕が運転する自家用車で一緒に京大病院に行き、入院手続きを済ませ、そして僕が入院していた病棟に入院した。僕が入院していた時、主任だったT看護師は看護師長になっていた。当時のことを思い、とても懐かしくなった。入院した兄は緊張することもなく、ベッドで横になり、日頃の寝不足を解消しているようによく眠っていた。

そして採取当日を迎えた。「頑張って」と声をかけ、ストレッチャーで運ばれる兄を手術室の前まで見送った。僕のドナーも、家族に見送られて手術室に入って行ったのだろうと想像した。採取が終わるのを待っている数時間、「患者さんや患者さんの家族は、兄からの骨髄液を、祈るような気持ちで待っているんだろう」と思い、何が何でも無事に届いて欲しいと思った。

数時間後、ストレッチャーに乗せられて手術室から出てきた兄は、麻酔の影響でぼーっとしながら「患者さんが待っているから無事に届けて下さいね」とぼそぼそ言っていた。ストレッチャーを押しながら看護師が「大丈夫、大丈夫ですよ。きちんと届けますからね。」と言っていた。兄は数日間、採取したところが痛い痛いと言っていたが、無事に退院することができた。

不妊治療

平成二〇年一二月、結婚しようとプロポーズした。病気のことや将来子どもを持つことができないかもしれないことを妻の両親に丁寧に説明し、結婚を認めてもらった。そして、翌年七月に結婚した。披露宴では、鳥取でボランティア活動しているTさんにスピーチしてもらった。僕と同い年の息子さんを白血病で亡くしたこと、ボランティア活動を通じて僕と出会ったことなど、切々と話してくれた。すぐに当時のことが思い出され、感涙した。

平成二一年一〇月、僕たち夫婦は子どもを授かりたいと思い、京大病院で精子を凍結した時に診察してくれたN医師に相談し、N医師が外来診察をしている足立病院へ行くことになった。

足立病院では、まず精子の有無を調べた。医師は「やっぱり精子はないですね」と僕たち夫婦に告げた。僕たちは、「ひょっとしたら」という淡い期待を持っていたが、僕は結果を聞いて、放射線と抗がん剤という強い治療をしてきたことを改めて認識させられ、「仕方ない」とすぐに諦めた。そして、妊娠を希望するのであれば、京大病院で凍結保存している精子を使う他なかった。一一年前に凍結保存した精子を解凍して、それを事前に取り出した卵子と受精させることが本当に可能なことなのか、疑問だった。京大病院で精子を凍結した時、すでに抗がん剤を飲んでいて、当時から、すべてではないけれど精子の奇形が指摘されていたし、精子の動きもよくないとも言われていたので、妻には言わなかったけれど、子どもを授かることは内心では諦めていた。

事前に、京大病院で保管していた精子を足立病院まで運んでもらい、妻も排卵誘発剤の注射等で採卵する準備を整え、平成二二年四月、妻の卵子を取り出し、同じ日に凍結していた僕の精子も解凍し受精をさせ、妻のおなかに戻す予定となった。

そして、その日を迎えた。足立病院に到着してから妻は採血を済ませたが、採血の結果、ホルモンの関係かなにかで、仮に受精卵ができたとしても今日は受精卵をおなかに戻さず、凍結しておき、日を改めておなかに戻すことになった。

午前一一時頃から処置が始まった。歩いて処置室に入る妻を見送って、しばらく病室でぼーっとしていたが、無事に採卵できるのだろうか、解凍した精子は動くのだろうか、そして、うまく受精できるのだろうか、といろいろ考えると僕は落ち着かなくなったので、妻が処置をしている間、気持ちを落ち着かせるために病院を出て、イノダに行き、コーヒーを飲むことにした。外は暖かく、春らしい穏やかな気候だった。店内は平日の昼前にもかかわらず、観光客と思われる人が大勢いて、ガイドブックを見ながら会話に花を咲かせていた。僕はコーヒーを飲みながら、告知された時に滋賀県立成人病センターの向かいにある喫茶店に入ったことや、「将来結婚した時のために」と思い直して精子を凍結したこと、骨髄移植を受けるための治療のことなどをぼんやり思っていた。闘病生活が昨日のように鮮明に思い出され、闘病生活を頑張っていた自分を懐かしく、また、誇らしく思った。

頃合いをみて足立病院に戻り、病室で妻を待つことにした。そして、妻が処置室から病室に戻ってきた。青白い顔をして病室に戻ってきた妻を見て、きっと体に負担がかかっているのだろうと、申し訳なく思った。妻はしばらくベッドで横になり、体調が改善するのを待つことになった。そして、しばらくして白い服を来た培養士が病室までやって来てくれた。僕たちは結果が良いのか悪いのかハラハラしたが、僕たちの気持ちを察したのかすぐに、「一一個、卵子が採取でき、精子と受精させました」と報告してくれた。そして「培養しますから、明日の午後に連絡下さったら受精卵が育っているか結果をお伝えします」と続けた。一瞬、うまく受精できたのかできなかったのかわからなくて戸惑ったが、結果は明日にならないとわからないとのことであった。解凍した精子が動いてくれたことは確かだったので僕は内心ほっとし、そして、一一年前の僕が一一年経って生き返り、今の僕と再会したような不思議な気持ちになった。無事、受精卵として育ってくれればと思った。

妻の涙

翌日を迎えた。昼過ぎ、足立病院に電話した妻から結果を聞いた。結果は、経過良好で一〇個が受精卵として細胞分裂をし、そして、すべてを凍結保存することができたとのことであった。僕は、「子どもを授かることができるかもしれない」という希望を初めて持ち、嬉しくなった。

七月、受精卵を妻のおなかに戻すことになった。処置はすぐに終わった。しばらく内服薬で経過をみていくことになり、僕たちはうまく子宮に着床してくれることを願った。そして二週間後、着床しているかどうか僕たちは結果を聞きに行くことになった。足立病院に行く道中は、「妊娠していたらいいな」と話をしながら、僕は、妊娠していたらすぐに両親に伝えてと、頭のなかで想像を膨らませていた。妻も同じようなことを考えていたかもしれない。

足立病院に到着した。尿検査を済ませた妻と僕は、名前を呼ばれて診察室に入った。医師はカルテに一通り目を通し、尿検査の結果を見て、「今回は駄目だったようですね」と淡々と告げた。「そうですか」と僕。おそるおそる妻の顔を見た。何も言わない妻。医師から着床しなかった原因についての説明を受けた後、「来月もう一度、やってみましょう」と言ってもらい、僕たちは肩を落としながら診察室を出た。帰りの車のなかで僕は、「仕方ないな、また来月やな」と明るく努めていたが、なんとなく空気が重かった。僕は「やっぱり子どもを授かることは難しいことなんやな」と思った。そして、体に負担をかけさせている妻にも申し訳ないと思った。その夜、妻は泣いていた。妻は言葉には出さなかったけれど、妊娠していることを期待していただろうし、妊娠できなかったことが悔しくて、傷ついているのだろうと思った。僕はかける言葉が見つからなかった。

父親に

気を取り直して、翌月、もう一度チャレンジすることになった。今回も前回と同じように処置をし、内服薬で経過をみていくことになった。そして二週間後に結果を聞きに行くことになった。今回は、ぬか喜びにならないよう道中では、努めて違う話をしていた。頭のなかでは、今回も結果が悪ければ前回よりも妻は深く傷つくだろうと思い、もし結果が駄目な場合に何と言葉をかけたら良いのだろうと考えていた。外はとても暑く、国道の空気は大型のトラックの排気ガスで汚れているようだった。

足立病院に到着した。前回と同じように尿検査を済ませた妻と僕は、名前を呼ばれて診察室に入り、医師が一通りカルテに目を通した後、尿検査の結果をみて、「今回は妊娠しているようですね」と言ってくれた。僕たちは笑顔がこぼれた。医師も笑顔だった。「ありがとうございます」と礼を言って診察室を出た。診察室を出てから、気が早いような気がしたけれど、「父親になれるんだ」と思うと嬉しくなった。

その後、妻はつわりがあり吐いたりしていたけれど、経過は良好だった。しかし、不正出血があったため地元の病院に行き、診察を受けたところ、前置胎盤と診断を受け、しばらく入院することになった。僕は、「流産するのではないか」と思い、命だけは助けて欲しいと思った。その後も入退院を繰り返していたが、平成二三年四月、帝王切開で出産することが決定した。

帝王切開の日が近づいてきた。通常の分娩のように帝王切開でも立ち会い出産ができるのであればしたいと思い、思い切って主治医に聞いてみたが、難しいとのことだった。

出産当日を迎えた。僕は「無事産まれてくれるだろうか」と心配し、朝から落ち着かなかったが、妻は意外にも落ち着いているような気がした。担当の看護師は、「今からシャワーしましょう」「着替えて下さい」と手際よく指示してくれて好感が持てた。段取りが悪かったらきっとイライラしただろう。また、手術室の看護師も病室まで来てくれて、麻酔のこと等について丁寧に教えてくれた。「手術中はそばに看護師がついていますから安心してください」と言ってくれ、妻は安心した表情を見せた。

当初は、腰椎麻酔で出産する予定であったが、前置胎盤のため出血量が多くなることが予想されたため、直前に全身麻酔で出産することになった。腰椎麻酔であれば意識もあるため、産声を聞くことができるし、妻が手術室で聴いてリラックスできるように僕が準備していたビートルズのCDを聴くことができると思っていたが、それは残念ながら無理になってしまった。

そして、兄が骨髄を提供する際に手術室まで見送ったように、午後二時頃、「頑張って」と声をかけ、ストレッチャーで運ばれる妻を手術室の前まで見送った。

手術が終わるのを病棟の談話室で待っていたが、「まだかまだか」とそわそわしていた。病棟は四階だったので、街全体を見渡せた。街全体が優しい春の日差しで包まれていて、眩しかった。

突然、ナースステーションに居た看護師に、医師からの説明があるので手術室に行くように言われた。手術室の隣の部屋に行くと手術衣を来た医師から、「無事赤ちゃんを取りだすことができましたよ」と報告を受け、出産後すぐに撮ってくれた赤ちゃんのポラロイド写真を見せてくれた。写真は、すっぽんぽんで、紛れもなく男の子だった。臍の緒がついていて、顔を真っ赤にさせて泣いていた。体重は三四三〇グラム、身長は五一センチだった。「赤ちゃんはしばらく泣かなかったけれど、今は保育器に移して経過を診ています」と言われ、わけがわからなかった。子どもが無事に産まれたということなので、ひとまずほっとした。僕はただ、「ありがとうございます」と礼を言った。後で小児科の医師に聞いたところ、全身麻酔の時は赤ちゃんにも麻酔が効き、すぐに泣かないことがあるとのことだった。

手術室から出てきて、ベッドに横になった妻と一緒に病室に戻った。酸素マスクをした妻はぼーっとしていて、しんどそうに見えた。「お疲れさん」と声をかけ、「無事に産まれたって言ってくれてたよ」と報告した。妊娠中、入退院を繰り返し、無事に出産できるか不安を持っていた妻は安堵の表情をみせ、涙を流した。よく頑張ってくれたと思った。

しばらくして、産まれた息子と面会できることになった。どんな様子なのかドキドキしながら対面した。

保育器に入っていた息子は、小さな顔に大きな目と長いまつ毛をしていて、明らかに僕の息子だった。保育器のなかに人差し指を入れると、もみじのような手でしっかり握ってくれた。僕は嬉しくなって何度も同じことを繰り返した。ずっと見ていても飽きなかった。そして、「これからずっと一緒に居られるなぁ」と小さな声で伝えた。

一二年の年月

平成二四年三月、息子は順調に成長し、つたい歩きをして、「うー」とか「あー」とか大きな声を発している。今も隣で、おもちゃを噛んだり投げたりしているかと思えば、近寄ってきて原稿を書く邪魔をしてくれている。日々、成長していることを実感させられている。こうやって息子と幸せな時間を過ごせるのは、一二年前に骨髄を提供してくれたドナーが「命」をつないでくれたからである。その「命」は、息子にまでつながっていると思うといつも不思議な気持ちになる。

一二年という年月はとても長い。僕が骨髄移植を受けた年に産まれた姪は今年小学校六年生になるし、父は今年六七歳、母は六四歳になる。それでも、闘病生活中のことを想うと、いつも昨日のことのように思い出され、闘病生活を頑張っていた自分を誇りに思う。同時に、今の自分に、「頑張っている?」と自問自答してしまう。僕にとって戻るべき原点は闘病生活中の自分なのである。

いつか息子が大きくなったら、「お父さんは骨髄バンクのドナーから命をつないでもらったんだよ」と伝えたいと思っている。その時に、息子はお父さんのことを誇りに思ってくれるだろうか。息子を立派に育てることが、息子に「命」をつないでくれたドナーへの恩返しだと思っている。

南出　弦（みなみで　ゆづる）

昭和五一年生まれ
京都府京都市出身
滋賀大学教育学部卒業
平成一一年五月　慢性骨髄性白血病発症
平成一二年五月　骨髄バンクのドナーより
骨髄移植を受ける

第二章　私が作り出す『生きる力』

NPO法人 ja.ma.ta.発起人　北川ひろ子　白血病

はじまりと今

私は、平成一五年に血液のがんである急性リンパ性白血病を発症し、翌年に骨髄移植を受けたがんサバイバー（闘病中の人、またはその病気の経験者）です。私の病気の治療には、ドナーの方から骨髄提供があることが前提です。〝助かる命を繋げたい〟とドナーの温かい思いを乗せて、着実に〝命〟が芽生えていきました。今現在の私の体力は、今の苦しさに蹲《うずくま》っている患者さんに寄り添い、相互関係に「生きる力」が生れる場面を作りだす活動が出来る程です。その活動は、音・色でのコミュニケーションであり、体でのコミュニケーションであり、安心・安全を伝えるコミュニケーションです。「今、生きている私」の実感できる場面を作りだすという活動を大切に育んでいます。その場へ安全・安心を届ける為に学ぶ、笑い療法士（認定）や手話・心理学・音楽療法についても楽しみながら自己の可能性を高めています。

病名の告知

私が病名を告知され患者になる直前は、今度の家族旅行をどこにしようかと、朝食後に旅行パンフレットをあれこれ詮索していた時でした。朝八時ごろに掛り付けの病院から電話があり、「北川さん、先生からお話があります。とても急ぎのお話です。他の患者さんの診察時間前にお話しますので、すぐに病院へ来て下さい」と言われました。学校からの親の呼び出しもドキリとしますが、思いもよらない場所からの呼び出し電話は、不吉な予感が走ります。「何か悪い結果が出たんだ、急がなきゃ」と、慌てて家を飛び出しました。採血の結果で、医師から「この病気は、高槻赤十字病院の血液内科でとても優秀な先生がおられます」と、すぐに紹介されました。主人を呼ぶようにも言われ、覚悟して向かった高槻赤十字病院での病名告知は、急性リンパ性白血病でした。すぐにがんであることを告知されたのは、診察前に書いた問診表の最後の欄に、「がんである場合、告知を希望しますか」の欄に○をつけたからです。聞いたことの無い専門用語を用いて滑らかに説明をされる主治医安齋先生の内容は、「白血病」と「かなり難しい状態であること」という部分だけが、ピックアップして耳に飛び込みました。「これは、いかん」と覚悟しながらも、医師の長くて怖い説明をどこか他人ごとの様に耳の位置を遠くに置いていました。これは、私の気楽な性格がなせる技で、「やってみないと分からない事は、今考えない。その状態になった時に考えるさ」と取捨選択する脳内回路になりました。安齋先生から「明日からさっそく治療を進めていきましょう」の最後の言葉だけに頷いていました。

先ずは、入院六カ月の宣告でした。「入院六カ月は、長い！」と頭が真っ白になりました。「そんなに家を空けられない」と慌てました。「夜遅くまで勉強を頑張る受験生長男健司、家族思いで勉強も頑張る次男泰広、豊かな発想と表現を楽しむ絵画・合唱が大好きな娘亜紀子、毎日毎日仕事が忙しいなかも、家族への愛情深く頼りになる主人」その家族生活はすぐさま停止し、明日へと「予想」をつなぐパイプが外れ大きな混乱に陥ってしまう。家事労働の負荷で、「心身共に迷惑をかけてしまうぞ」と、家族の肉体的精神的な負担を負わせてしまう状況に、「困ったな」と途方にくれていました。その時、主人は暗い廊下で憤りと絶望感をあらわにし、こぼれる涙をぬぐおうともせずうな垂れていました。「こんなに真面目に一生懸命に生きてきたのに何がいけないというんだ」ぶつけようの無い悔しさをあらわにする主人の姿を見て、私は本当に申し訳ないと侘びました。主人の様子を見た瞬間から、私は長期に及ぶ厳しい抗がん剤治療から逃げず、何よりも家族の為に『生きていかなあかん』と強く覚悟しました。当然の様に私は「明日からの治療頑張るから大丈夫」と、まるでケセラセラと呑気に構えているように、明るい声が出たのです。

安齋先生から「北川さんの状態は、この病院では出会ったことが無いケースです。治療はとても難しいので、僕はアメリカのやり方も検討にいれてみます」と慎重に説明されました。「ひょっとしたら、生きる時間が短いかもしれない」、「治療で、何が出てもおかしくないたくさんの副作用に、次々とエンドレスに苦しむのだろうか」。向き合った事の無い命の存続性の危機・肉体が破滅する認識、まだまだ続くと思っていた生への執着を最小限に制限され、私は「不安の固まり」になりました。土台の無い私の命を「根拠地」にして、私を取り巻く環境の大きな変化と共に欠落していく家族像をイメージしていたのです。今まで家族の中心部分を担い機能していた「私」の存在が、家族という場から剥がれ落ちようとする環境です。病名告知によって、家族全員が一気に抱え込む不安と極度に緊張する問題の多さで、身震いする程全身の収縮が始まりました。

命というものが、一か八かの賭けごとの様に扱われ、やったことの無い治療が粛々と始まる不安。その不安を増長させるかのような、医療者の緊迫する表情。この場面のなかで、極度に緊張する「私」を速やかに緩めてくれるものがスムーズに動いたのです。それが、家族が傍にいてくれる温かな「時間」でした。その「時間」は、ケロッとして全く別の私になれました。告知を受けた瞬間から、家族に「これ以上の精神的負担にならない様、心配させないようにしよう」とこころに決めたことで、別人に装える切り替えができたからです。

次の日から本当の患者になり、誰にも言えない「苦しいつぶやき」を抱え込むストレスが、ドンドン増殖を始めました。

患者のストレス

患者になると、途端にストレスは膨大に膨らんでいきました。それが、どれくらいかを測るものを

ライフイベントとストレス (Holmes and Rahe stress scale, 1967)

生活上のできごと	ストレス強度	生活上のできごと	ストレス強度
1　配偶者の死	100	23　子供が家を去って行く	29
2　離　婚	73	24　身内のトラブル	29
3　夫婦の別居	65	25　優れた業績をあげる	28
4　刑務所などへの勾留	63	26　妻の就職、復帰、退職	26
5　近親者の死	63	27　復学または卒業	26
6　自分のけがや病気	53	28　生活状況の変化	25
7　結　婚	50	29　生活習慣を変える（禁煙など）	24
8　解　雇	47	30　上司とのトラブル	23
9　夫婦の和解	45	31　勤務時間や勤務条件の変化	20
10　退職や引退	45	32　転　居	20
11　家族が健康を害する	44	33　学校生活の変化	20
12　妊　娠	40	34　レクリエーションの変化	19
13　性生活がうまくいかない	39	35　宗教活動の変化	19
14　新しく家族のメンバーが増える	39	36　社会活動の変化	18
15　仕事の再調整	39	37　150万円以下の抵当（借金）	17
16　経済状態の変化	38	38　睡眠習慣の変化	16
17　親友の死	37	39　家族だんらんの回数の変化	15
18　職種換えまたは転職	36	40　食習慣の変化	15
19　夫婦の口論の回数が変わる	35	41　休　暇	13
20　100万円以上の抵当（借金）	31	42　クリスマス・お正月	12
21　抵当流れまたは借金	30	43　ちょっとした法律違反	11
22　仕事上の責任の変化	29		

見つけました。アメリカの社会生理学者のホームズとレイが論文発表した『ライフイベントとストレス』です。それは、精神的ストレスを数値化した社会再適応尺度というもので、ストレスの度合いがわかります。

勿論、アメリカと日本でのイベントの捉え方に違いはありますが、大まかにみて、どれくらいのストレスがあるか判断できます。

患者になった瞬間から、経済問題・仕事・習慣の変化・睡眠・食事・家族変化など、表にある一般的なものだけで、瞬間に三〇〇点になりました。これだけでも、塞ぎ込んだ状態が付随してくるのに、まだその上に、病気が治るか、私に合うドナーの方が見つかるか、今後の不安（激痛の恐怖、体力の消耗の速さ、孤立感、死への恐怖・混乱・無力感）が幾重にも膨らむ不安を抱え、誰にも言えずストレスフルな状態でうずくまっていました。

私の劣等感としてあるものに、体力のいる運動は全くの不得意であり、ジャンケンのような気軽な勝負にもからきし弱い。こんな体力的にもチャンスにも弱い私に、ギリギリの厳しい治療に向かって乗り越えるだけの持つべき自信など、何一つありませんでした。

患者になる「苦しみ」

患者になり、入院を強要されたことによる苦しみがあります。

- 病気と闘うなかで、常に「死」を意識する苦しみ
- 大事な家族と引き離された「孤独」の苦しみ
- 病院内での不自由な「社会生活」の苦しみ

そして、

・「私」であることを証明する力を失う苦しみ

入院生活は、「私」が私らしく生きる為、「私」の存在をアピールする手段として育んできた能力が欠落し始めます。患者さんの悪化していく状態が見えると、そこにいるのは私だと思い込み、明日へとつなげていくモチベーションも衰弱化していくのがわかります。

①言語能力……閉ざされて、囲い込まれたカーテンの世界は、誰も入れないかかわれない世界です。会話は、「ハイ・イイエ」だけの受け答えで済ませていました。複雑に絡み合った不安を表現する力と不安を伝える気力が消滅してしまったからです。ポイッと吐き出すひとかけらの言葉は、複雑になったこころの震えに奥へと隠されて、表に出てこなくなりました。感情を意識されない世界へと押し込まれたからです。沢山に絡んだ葛藤が「言語化するのを拒む」という表現体制にしていったのです。分かってもらえないだろうという気持ちのズレを埋めるだけの表現する力などありませんでした。

②論理的能力……毎日のデータだけが私の精神安定剤。思い通りに変化しない不透明な焦りがあり、小さな変動も気になり一日中そのことが頭から離れない。どう仕様も無い操作不可能な底なしの苦しみに「困った」と立ち止まり、それ以外の事が何も考えられなくなりました。頭で考えられる範囲がミニマムになっているのです。自己判断する能力が無気力状態になると、常に絶望感に結びつけ

てしまう様になります。今まで現在進行形で動いていた「私」が、無力感で思考回路を停止状態にしてしまったのです。

③空間的能力……「私」が「今、ここにいる」患者に与えられた空間は、冷たいベッドの手すりが私の存在できるスペース枠を固定し、ピコピコと唸なり声をあげる機械音に囲い込まれ、異物である管が私の命を外部から支配しているかのように連結され、反発も抵抗もできない空間です。「私」の体は、高度医療という空間に誘引され気がつけば粘着力のあるものに張り付いてしまったようでした。その風景は、子どもの伝承遊び『かごめかごめ』に似ています。私はずーと真んなかで鬼になり、目を閉じてうずくまり「この場を動くな」と拘束され、私を取り囲む点滴薬・体温計・時計・カレンダー・テレビ画像等ですら、どこにも行けないように手を繋いでクルクル回りながら監視役をするのです。私の視覚に入るものは、その場を変化させようとも動こうともせず、何一つ変わらない濃淡の無い空間にいる事で息が詰まり、今生きているという実感を「私」が感じなくなりました。

特に夕方～明朝までの闇世界の苦痛感がひどかったです。夕方六時の食事が済んでから消灯までは、やたらと鈍ったように粘る時のなかを、消灯までの希薄な空間の狭間にいることの苦痛感に辟易していました。さらに、夜九時の消灯時間から明け方までは、消灯されてマイクから「おやすみなさい」と声をかけられても、子どもの様にすぐには寝つけず、小さな灯りやため息も押し潰すように静かにしていなければならない窮屈さでした。じっと息をひそめて閉塞感のある暗闇の世界に埋もれた

「私」が、先の無い世界へ彷徨いはじめるのです。

治療によって、「私」が「今ここにいる」という意識を解体され、薄れていく感覚。夜中に見回りに見える看護師さんに触れる事で、私の存在を確認することもありました。それでも、やっと朝の一筋の光がカーテンに差し掛かると、次の日へ繋がった「命」は暗闇世界の彷徨いから戻されて「助かった」と実感するのです。

④身体的・運動能力……データの悪い時、医師からの許可された行動範囲は、ベッドとすぐそこに置いてあるトイレのみでした。ここところそこだけの運動だけです。「治療の為に体力作りをして下さい」と言われても、ベッド横のパイプ椅子に座るくらいしかありません。窓側のベッドであれば、空を眺めて目と頭とこころを動かすことができますが、状態によってベッドの位置が変わります。両サイドベッドに挟まれた真んなかになると、一日中カーテンに囲まれて息詰まるなか、薄暗さに耐えてじっと座るということしかできません。

クリーンルームに入っている時、体力が奪われて自分で自分の体を動かすことができなくなると、看護師さんに向きを変えてもらわなければなりません。その時の体の向きを変えてもらうこと自体が運動になるのです。

常に全身の痛みと内なる私の独り言「よっこらしょ」の掛け声で、ゆっくりとじんわりと体の各部分に尋ねるように体の重心を移動させながら、椅子に着地するという身体的運動なのです。

⑤自然との共存……病室から、窓の外にある風景・色・音・匂いは届きません。窓は開閉しないのです。外の生きている世界と完全に遮断された病室環境は、同じ温度・湿度に保たれており、生の花・生の食べ物は持ち込めません。子どもの声・生活の匂い・音・季節の味の届かない、生きていく上で大切な五感の喪失を感じます。

移植時のクリーンルームは、もっと厳重です。窓から見えるものが、前にある研究室の建物とそこから漏れる窓の明かりだけ。自然といえば、太陽の光が部屋に間接的に届く程度の光だけでした。そこへ時折バルコニーの手すりにハトが遊びに来てくれたのです。窓ガラス越しに「やあ、どうも」と挨拶する瞬間に、生きている者の偶然な面会に歓喜し感謝するのです。クリーンルームという特別な場所は、ガラスというバリアより誰も一歩も近づけない距離間を保ち、互いに聞こえにくい歯がゆさに苛立ちながら、遠い存在を確認するのです。この距離間は、互いの伝達を不明にする為、言外のニュアンスが微妙にズレているのを感じさせるのです。そんなまどろっこしい言語にしかなりません。私のものとしてある感覚が受動できない程の遠さを感じると、焦りが孤立感や孤独感を囲い込んでしまうのです。塞いでしまったこころでいる「私」が、生きているものたちの傍にいたいと飢餓状態になり喘ぐのです。生きている意識を通してわずかな体温を感じ、孤独の冷たさに震える部分に、じんわり浸透していく温もりの有り難さ。生きている者たちの訪問は、何物にも代えがたい「孤独からの癒し」です。

勿論、診察・検温に医療者の方が見えますが、生きている仲間と、どこか区別していました。

⑥人間形成能力……テレビ・新聞を見ても、窓の外の世界からも蚊帳の外。生きている世界にいない「私」という存在の否定でした。治療が進むうちに、一歩も動けない「私」は、パタパタと動く医療者を見てねたむこころを静かに成長させていたのです。それは、自分の意思を遂行し働ける元気な人と、今までの作り上げた私を金繰り捨てて、全面的に自分を委ねすべてが受け身になっている憔悴しきった「私」との格段の差です。肉体的精神的なダメージで衰弱し、その場でじっと横たわることを強要されている者と、肌の張りと血色の良い元気な者とは、全く別のフロアにいるような違和感のある差を感じたのです。私のなかにある劣等感が、「私」の運の悪さと社会から弾き飛ばされた弱者であることを何度も何度も「私」に突き付けるのです。

精神状態が八方ふさがりになった時、人の声のトーンが異常に気に障りました。看護師さんの元気な「おはよう」「ご飯どのくらい食べた？」は、明らかにあちら側の元気な世界にいる人です。私の異常なしんどさ・こころが張り裂けんばかりの苦痛など、体感していない理解のズレが生んだ声に嫌気がさしたのです。そして、しだいに看護師さんの髪型の変化にも憤りを感じるようになりました。

髪を無くし玉手箱を開けて急に浦島花子になった様な肌のたるんだ皺、足の裏のようなカサツキが全身に現れていることも治療だと飲み込んでいる「私」なのに、生きている世界を逃避しようとこころがうごめくのです。見つけようとしていた「希望」も鋭い棘にささりしぼんでしまったからです。

体が予期せぬ「痛み」に反抗を始めると、応援するはずのもう一人の「私」がその「痛み」に戸惑い黙認を始めました。激しく緊張する筋肉に反応し、ついには「痛み」側について共感を始めるのです。

何一つ感覚の喜びが叶えられない場所、無味単調な空間で肯定感のない孤独な「私」を客観視するもう一人の「私」が「かわいそうに」と覗いているのです。今まで意識しなかった影にある「私」がこの対立する現実の人間関係性に強い嫌悪感を持ち、現在進行形で動いていた「私」という存在が、過ぎ去ったものとなりました。「私」をかたどっていたものが音を立てて崩壊していくことに誰も手を差し伸べられず、誰にもとらわれないという安全な場所、悲劇を演じなくてもいい場所へと逃げ込んだのです。

病気と闘う覚悟

病気との闘いは、治療に向かうだけではなく、「私」が機能を失い続ける速度と、未来形成していこうとする間に、大きなズレを認識しながら『生きていかなあかん』と覚悟する闘いです。

私の未来絵図は、もやがかかりぼやけて何も先が見えなくなりました。そのなかを恐怖混乱のスパイラルが勢力を増し、加速しながらどん底へ落ちて行くようなものになりました。

弱められた「私」が、「こんな場所でいつまでも寝ている場合じゃない」と言い聞かせながらも、体のむくみや予期せぬ身の置き所の無い激痛に襲われると「死」という対岸にあった場所へ取り込まれそうになり、懸命にもがいても身動きできない場所にいることに気づかされます。それでも『生きていかなあかん』を優位に立たせる為に、もう一人の「私」の頑張りどころの闘いなのです。

「私」のいる場所

弾む気持ちで旅行パンフレットを眺めていた私が、急きょ場面を変えられ、パジャマを着て慌ただしく重篤な患者になりました。パジャマという衣服を身にまとうことにより、患者である証拠の様にすっかり力を無くした身のさばきかたをするのです。「はい、今から北川さんは重篤な患者さんの道をお進みください」と言わんばかりに、私の知らない間に進む方向を決定され、生死の分岐点に立つことを納得も同意もしていないまま、直截《ちょくせつ》に計画通りの重篤患者用のベルトコンベアーに乗って刻々とその分岐点に近づいていくのです。

入院すると、すぐに家庭環境調査も事情聴取の様に始まり、検査も立て続けにバタバタとスケジュール通りこなされていき、なされるがままの状態になります。今まで、死を意識するところから程遠い処にいた私の感覚が、ぎゅっと腕を掴まれて、もうゲームオーバーだと死の扉の前に立たされた感覚になりました。しかし、この感覚があって初めて、生きることの意義を真剣に考え始めたのです。

規則通り

朝六時起床から夜九時消灯までの時間を管理され、パタパタと動く医療者に覗きこまれる不自由さ。この場所で縮こまるこころ、硬くて、暗くて、真面目でこころ遊べない環境に長時間追いやられる不自由さ。完全に「私」という人間が、重たい「病気」という着ぐるみを着た、みじめなモルモットの気分になりました。

唯一行くことが許されたトイレでは、動きにくい体で尿量を量る作業があり、見たくもない他人の排泄物が目に飛び込んでくる苦痛感。

周りの仲間の状態が悪くなると、突然慌ただしく個室に運ばれていきます。それは何も聞かずとも、運ばれ方で患者にはどういう状態であるかが分かります。そうなると、次は私の番だと覚悟する「死への恐怖連鎖」に怯えます。

一日のこころのリズムになる食事内容も、長い入院になると代わり映えのない同じメニューのローテーションの連続になります。同室の患者仲間は、決まった食事行動をしました。運ばれてきた食事のふたを開けるなり「ああ、またこれか」と、ため息をふきこんですぐさまパタンと音をたて蓋を閉めるという儀式のような行動です。「私」にとっても儀式的でしたが、「体の為に、贅沢は敵だ」なんて言いながらも、壁に向かいからっぽになったこころを補充するかのように食事をしました。

食堂は、何の変化も楽しみも味気もないメニュー表がペラリと貼ってあるだけ。今の学校給食の豪華さや雰囲気と対比してしまう程の殺風景でみじめな食事の風景です。

入院生活は、決められた時間と場所でメニューをこなす。その他はダラダラするようにと強要され、頑なにある「安全」というものにがんじがらめにされた「規則通り」が、「私」のこころが冗長して遊ぶ「自由」を棒でからめ取るように奪われてしまったようでした。「私」が私自身でない部分と融合させながら「規則通り」の隙間を探る力が、我慢という力に虐待され打ちのめされるのです。それはまるで、「鬼ごっこ」で鬼に私が捕まり、繋がれて鬼の獲物になり、味方にも助けられない様に「規則通り」という強力な網でどうにも動けないように取り押さえられた状態です。自分の意思で動きたいのに動かせないという「不満」と「死」への直結する時間的感覚の怯えと「規則通り」という方向をもって押しとどめる力が、三すくみのようになり感情はなくなっていきました。

病院のなかでの音楽の力

骨髄移植をする為、京都大学医学部附属病院へ転院することになりました。転院先では、今までよりもっと厳しい治療に入ります。骨髄移植に向けて、放射線治療も加わり徹底的に私の体に内在する悪者を「叩く」と同時に、元気な細胞も叩かれてしまうのです。医師の説明では「放射線は痛みもかゆくも熱くもありませんから」と何も起こらないかのように言われました。しかし、放射線室の扉は目を見張るような分厚さで、とても危険であると私のなかに黄色で力強く境界線を引き「ここは、人間が入ってはいけない場所だ」と怯えながらも「いよいよか」とその時を覚悟するのです。この場所は、私の表面的に見えるものと見えないものをそれぞれの部位が連結出来ないように、電磁波でバラバラに分解解体していくのです。大きな部屋に一人残り、ガラス張りの安全地帯から「私」の細胞たち全部をさらされるような準備が始まりました。「私」は一枚一枚の衣服たちを掴んで、「バリアになってね」と委ねました。その緊張で固まったこころを一瞬で和らげたのが、部屋に流れてきたFMラジオの音楽です。軽快なリズムが私を包み込み、その場にあふれ出した恐怖を音楽が撫でるように落ち着かせてくれました。「よし」と気合を入れ治療に臨んだ途端、事前の説明から想像できない事態が起こりました。「これが放射線治療だ」とはっきり分かる微細で不快な振動、小刻みに振動する「私」の右側に存在するものすべて。片側一〇分だけという時限をなだめるように左側の「私」がいたわっています。一〇分後の交代で左側になると、「私」の右側は左側に応援をやめました。右側にあるものたちは、緊張の逃げ道として音楽の流れに乗ると学習したはずなのに、全く興味を示さず私の左側の振動をそのまま受け、同じ様に共鳴し始めたのです。そうなると増幅する振動で時間の間隔を狂わせゴムの様に伸び始めました。左側にあるものが、時間の延びた感覚に痺れをきらし「もう限界だ」と合図する。すると、両の手が連結し時間を推し進めるかのように「早く終われ！」と力をいれたのです。時間の早送りを願う瞬間、聴覚・嗅覚が勘を働かせ、空間にあった音楽を嗅ぎ取るアンテナを張り、念願の音楽の流れに乗れたのです。放射線の終わりを知った時、ＭＣのおしゃべりは穏やかに京都の交通情報の話をしていました。

この極度に緊張する場所で音楽の力の有り難さ。厳格な時間枠のなかで足を引きずるように流れる「時間」の感覚を、速やかに軽やかに飛び越せるように支援する音楽の力に感謝しました。

治療では緊張と我慢はセットで強要されますが、音楽の振動に触れると、一瞬でこころは外に飛び出しお気に入りのカフェで鼻歌をうたっている気分になれるような貴重な体験をしたのです。

家族が支える「力」の生れ方

わが家は、日常生活のどの一コマも家族と常に一緒にいるのが当たり前にして暮らしていました。どんなに遅くなっても、家族が揃う時間を大切にしてきました。「ありがとう」という気持ちは、「当然」という意識に吸い込まれていたのです。

家族の存在——やすらぎが生れる力

生れて初めての抗がん剤治療が始まりました。「これは、胃の痛みを和らげる点滴です」と朝一番に入りました。「これで安心だ」なんて思っていたのに、次に抗がん剤が入るなり「そんなの関係ない」状態になりました。良い細胞も悪い細胞も残らず攻撃され始めたからです。全身の痛みと強い吐き気が表面化しても治療は止みません。これから私はどうなっていくのか、誰に尋ねても分からないという不安が「大きな塊」に変化した瞬間に、誰も私に声をかけてくれなくなりました。この状況で孤独と苦痛と不安の闘いがはじまるのです。会社帰りに慌てて駆けつけてくれた主人が、昨日までの姿の変わりように絶句し、表情と声のやつれで、どんな治療時間をくぐってきているかを察していました。私の顔に耳を当てて、「僕、なにしたらいい？」と私の苦悩を受容する声。「私」は「体をふいてほしい」と空気がもれるような振動で伝えました。拭くといっても、あちこち管に繋がれており、点滴も何個もぶら下がっていたのですが、息継ぎをしているように出ている足先だけをとてもいたわる様に拭いてくれました。

今ここに家族が傍にいることでやすらぐ安心感。足を拭く手が「私」に触れた瞬間、その感触を受け取った弱り切った細胞たちが、速やかに穏やかに落ち着き痛みも和らぎ始めるのです。そうなると「私」がゆりかごで揺れているような安心した心地を感じました。痛みから保護される関係性の有り難さ。主人にこころから「ありがとう」を言いました。

個室から一般病棟に戻ると、主人は夜の静かな洗面所で、黙々と私の頭を洗ってくれました。管に繋がっていて、手をあげることが出来ない「私」の頭を洗っていることで、生きている今を確認し、「今日一日ようがんばったな」と「私」をいたわり応援する眼差しは、非言語で伝わるのです。

この修羅場に臨んで頼りがいある家族の存在は、温かさに包まれる有り難さでした。一番近い存在の家族が、「私」の存在する「今」を確かめ、「私」が生きていくことの意味を踏まえて覚悟し、命をかけて守ろうとしている姿で、「もう駄目だ」と思っていた「私」は『生きていかなあかん』と思える力を獲得したのです。

一緒に食べる――治療に意欲が生れる力

主人の会社帰りの面会時間は、いつも消灯ギリギリか、オーバーしていました。それでも主人の足音が廊下にかすかに響くと、私は一日の苦痛をしのげる唯一の安堵時間「助かった」と生き延びるひと時が生まれます。

データが良くなると、一階にあるローソンまでの移動許可が出ました。看護師さんの許可の元、主人と二人で車いす夜食ツアーを楽しみました。「レッツ・ゴー」です。

一個のカップラーメンを買って、熱いお湯を入れて、二人でフーフーすることのなんと贅沢なこと。暗い廊下を通り抜け、テーブルのある場所にレストランで頂くようにゆっくりと「おいしいね！」と体中が口になったように喜ぶ。今までにあったなんでもないことができる事の有り難さ。食べるという行為を通して会話が生れる嬉しさ。病室を脱出できている解放感の幸せと、家族という親密な関係性を噛みしめながら感謝して食べました。

週末の夕食に間に合うようにと作ってもらう家庭料理。清美お姉さんと久美お姉さんのこころを込めた手作りの味は、嘘のように私のこころの渇きが食を進ませました。「これこれ、食べたかった。やっぱりおいしいな」家族と同じものを食べる確かな幸せと食べられたことで元気な笑顔になり、その手ごたえは喜びで胸を膨らますのです。明日に向かうエネルギー源はこうして作られると知りました。

ある患者さんの、仕事帰りに毎日タッパーにおかずを詰め込んで運んで下さる家族の方の食事が届いた時の嬉しそうな表情。背中を丸めておいしそうに食べておられる様子は、今まで通りの「家庭の味」が明日の「治療を頑張る」という意欲を湧かせると思いました。

子どもの力——弱気をノックダウンさせる力

安齋先生から家族全員に私の病気のことや治療がむずかしいことを説明する日は、子ども達にどんな顔して待っていようかと悩みました。それは、私の「命」の不安がリアルに子どもたちに伝わることの恐れを懸念したからです。不安の受け取り方に性差がでました。感染予防のために、着装する帽子、マスク、エプロン、手袋等の想定外の物々しさに、不安そうに怯えながら遠巻きに視線を送る息子達に対して、亜紀子は「精一杯皆でお母さんの代わりをしているよ」と言わんばかりの元気さを振るまい、すぐさま「お母さん、お腹すいたよ」って叫んだのです。お母さんはどうなるのだろうと不安に潰されそうになりながら、寂しさのなかに安心という捕まるものがない戸惑いと「私のお母さんなんだから、頑張ってよ」と伝えたいメッセージがミックスされて「お腹すいたよ」だと思いました。この瞬間に私は『生きていかなあかん』ファイトがハンバーグの肉汁がジュワっと飛び出す様にチャージされたのです。

その時のクリーンルームは、三人までしか入れなかった為、子どもは交代で入れ替わることになります。「兄ちゃん、早く変わってよ」何とも有り難い想定外の賑やかなひと時になりました。今まで一人ベッドでベソかいていた私が、子どもたちとの自然な会話から、はしゃぎ出し笑顔になりました。学校での様子、毎晩のおかずはああだこうだといいながらも、楽しんでいる子どもたちの会話を聞き、状況に応じ適宜適切に役割交代で安心させようとする逞しさ、親子の関係性を再認識させられました。いつも通りに弾む会話は、家にいるように新鮮でワクワクしました。こころのなかで沈殿していた諦めや寂しさをノックダウンさせる大きな力、これが子どもの力です。

家族のなかにある不思議な力

私が退院をしてから、また容態が悪くなり再入院した時のこと。腹部に激しい痛みがあり、意識朦朧とする中緊急入院。夜中についに、その痛みで意識不明になりました。兎に角、検査をしようにもかなり暴れて検査ができませんでした。ある時、看護師が私の上に覆いかぶさり押えつけられました。しかし、私の暴れは治まりません。検査が全くできない状態が長く続きました。どんなに医療者が大きな声かけをしても、その声は届きません。検査室は緊迫したムードになりました。

その時です。夜中病院から「緊急事態になった」と電話で駆けつけてくれた主人が、意識の無い私にゆっくりと話しかけていたことを後から看護師さんに聞きました。「痛いな。しんどいな。僕が傍にいるよ。だから、今から検査うけような」と声をかけ、背中をさすり手を握ってくれたそうです。

すると、その声に反応して暴れていた「私」は静まり、検査を受けることができました。家族だけが持つ不思議な力です。

意識がなくても、何も聞こえず全く分からないのでなく、体のどこかの細胞が大切な家族の声や温もりをキャッチし、素早く脳の動きを助けるセンサーが働くんだと思いました。ここぞという場面に登場する凄いパワーが、家族の不思議な力です。この力のお陰で、六日間の意識不明から覚める事が出来ました。しかし、この会話の内容は、もう主人は忘れてしまったそうです。

外の世界に触れる時間——希望が生まれる力

家族と色の力・風の力・味の力を共有する

二回目の外泊許可の時、家族で堺まで脱出。

岸和田で偶然「だんじり」を力強く引く場面に出会い車の窓から眺められたのです。街に威勢の良い声・弾む音・秋の風のしなやかな流れ、色に触れて、病室では生れない「今生きている」五感をくすぐる「興奮感覚」が蘇りました。

　私の目の前に広がる
夕暮れの堺港の静けさは

まるで　影絵の世界
深みのあるオレンジ色に染められた
夕焼けの空
一日の仕事を終え
ゆったりとくつろぐ漁師と船の
安堵している静かな空間
しっとりとした黒とオレンジの
コントラストが
波間にゆらりゆらりと戯れている
私は車の窓を少し開け
深まりゆく秋風とおしゃべりを楽しんだ
こころから一杯の深呼吸すると
影絵の世界にゆっくりと溶け込んでいった

「生きる」に掛けて、重いサイコロを振る骨髄移植直前の外泊

「すぐに骨髄移植をしないと、再発する危険性が高くなります」と、その外泊で治療が遅れる事を心配される医師に「どうしても、家族と一緒に大切なクリスマスとお正月を過ごしたい」という意思表示を強固にしました。家族との時間の優先を認め冬休みのような外泊許可。「ヤッター」、家族揃ってクリスマスのイルミネーションと風になれるような世界へと飛び出し、天保山の大観覧車に乗りました。

夜の街の風景が
華やかなパーティ会場のよう
こころの底がワクワクする明るい季節になりました
ドキドキする程　鮮やかな色彩と
こころ弾むジャズのリズムが溶け込んでいきます
時間がスウィングして
軽やかな足どりでステップすれば
笑顔輝く魔法にすっかり掛ってしまいます
見上げると満点の星空
イルミネーションは優しさのある金色で
包み込むように輝いています

さあてと　みんなにこころが温まる
「幸せ星」のプレゼントを見つけに
夜空の散歩に出かけましょうか

支える家族をサポートする力の必要性

ありがたいことに毎週日曜日には、わが家の家族をサポートする為に、「家事お手伝いしますよ」とお手伝いを引き受けてくれた二人のお姉さん。

一週間分の溜まった家事を事も無く片づけながら、家族とのおしゃべりも聞いてくれる、大きなこころのサポートがありました。

患者を支えている家族も、患者の前では言えない事や心配させられない状況のなかで二重の苦しみがあります。

私が母を看病した時もそうでした。

母ががんになり、そのがんと同時に認知症も出てきました。母にはできる限り不安にならない様に「嘘」が必要な場面が沢山ありました。「嘘」を会話のなかに入れて話をすることの心労は、何かに追いかけられているかのようです。苦しさで慌てて病院玄関を目指しました。病院の玄関を出た途端に、こころに張りつめた異様な緊張と何とも言えない罪悪感で「フー」と深いため息を出すのです。これが、家族の苦しみです。

今、子どもたちの話をしてくれるなかに「お母さんの入院中ね、お父さんおじいさんの様になってね、家にいる時はずっとため息ばかりで、話をしていてもすぐにうたた寝していたで」。家族の様子を昔から知っている二人お姉さんは、傍で話を聞いて見守ってくれました。このサポートがあったお陰で、家族内のストレスは緩和され、患者を支える家族のこころの安定が保たれたと思います。こころから感謝です。

患者仲間の力――諦めない勇気の力

入院生活当初は、孤独で患者同士の会話は成立しませんでした。抗がん剤治療の一回目が済んでから、やっと洗面所まで歩ける様になった時、横で歯磨きをしていた患者さんが「入院生活長いんですね」と声をかけてくれました。初めて他の病室の患者さんと話をしました。「じゃあ、僕と同じ時期に入院したんやな」。そうか、それぞれの患者さんが同じ様に今まで経験したことの無い異質な不安を抱えながら、どうしていいかわからない自分と闘い挑んでいるんだと気づかされました。

今まで、「私」の内側に向かってフォーカスしていた視点が、外に向きました。気づけばここに入院されている患者さんも、この同じ不自由な環境のなかにいる。共有する苦悩を膨らませ、希望を捨ててゼロ以下の視点で「今と闘う」時間のなかにいる。正常だという社会の位置から外されたものが、同じフロアにいるんだという仲間であるという意識が生まれました。

「私」が患者になって生じるこころの状態は、複雑に不安がからむなか、経験したことの無い人にいたずらに踏み込まれ触れられると、壊れてしまうようなデリケートなものを沢山もっていました。

入院生活が長くなると患者の「直感」というものが鋭敏になります。患者さんの状態は、会話も非言語で通じます。同じ苦しい治療を経験し、乗り越えようとする相手の存在があって、自分に向かって『生きていかなあかん』と言語化できるのが患者同士なのです。

ある人は、娘が不登校を起こしていることを私に心配そうに話始めました。そうなると、患者同士ではなく母親同士になって、子どもへの心配や悩みを互いに話しました。主婦同士だから、お見舞いの頂き物も互いにおすそわけもあり、二人でソファに座る時間は、患者であることを忘れられるひと時になりました。

ある同じ年代の男性は、家族への思い・仕事への不安・治療への不安も戸惑いもストレートに話ができました。この人は、同じ時期に同じ病院で移植を受ける仲間です。

病棟の患者仲間は、頭にバンダナを巻き、血色を忘れてきたような表情で、暗い廊下を犬の散歩の様に点滴棒をつれています。

挨拶は、開口一番「今朝は頭寒いね」です。

患者同士のおしゃべりは、表と裏の顔を見せられる「安心」「こころの解放」「共生」へと繋がる力です。その力で相手のこころの声を聴き、身をもって対話する事ができるのです。患者同士、言葉にならないぎっしりと詰まった不安や互いに深くなったこころの傷を癒す為にある敏感な頷きがあって初めて、一人で闘っているのではないという気持ちになりました。

病気を背負った一人の人間は、孤独のなかで痛みと恐怖に震えています。その一つ一つの出来事を、時間をかけて体になぞりながら受け止めていく作業を省いてはいけないと思います。患者同士の「共有するもの」を通して、互いに納得のいく「生きる希望」を持つ為に、語り合うことの大切さ。闘い続けるもう一人の私に諦めない「勇気」が湧き、『生きていかなあかん』という気持ちを納得して、相互に前を向け合えられる大きな力、それが患者の力です。

情報の選択——視点のズレがもたらす恐怖心

他力から自力へと変換させる力の気付き

パソコンから沢山の情報にドドドと押し寄せてくる不安が、どれだけ生きにくくするかを体験しました。その人の状態・体力・年齢等の身体的個体差や病気に対する思い込みのズレ、また治療状態・病院環境も違うのです。それをあたかも、「すべてが私に当てはまる」と思い込み、始終「私の視点」で重ね合わせたことによって、マイナスのイメージが出来あがりました。この「マイナスで固めた」想像した「私」が、前を向き生きようとする「私」の動きにエッジをかけたのです。内なるもう一人の「私」が、情報によって暗示に掛った状態になり、独り言を言い始め思考回路を操作し始めます。リアルになった現状に触れた途端に、覆いかぶさるように過剰に「私」を怯えさせるのです。対面した情報と実際は、何一つ同じ様な状態になりませんでした。そうなって、必要な情報とそうでない情報を取捨選択する必要性があると感じたのです。ある患者さんの体験情報は、その人だけのものであり、私に当てはまることではないということです。たとえば、ブログで「とてもお勧め」という評価の高さを信じて行っても、そうではなくガッカリするのと同じです。

これからの「私」は高度医療によるただ延命治療を望むのではなく、今の私をどう維持したいか、何ができるかの自己実現に向けて吟味する必要性を感じます。それは、選択された情報だからこそ、自分なりの生きる事への学びを「私」像のなかに入れ膨らませることができると思いました。

医療者の関係性――信頼する逞しい力

初めて受けた抗がん剤の攻撃で、想像できないくらいの事態が起きました。たとえば体力の弱り方は、体を自力で起こすことができず、点滴をしていない自由な片腕だけの力では、ゆっくりと頭を持ち上げようにも、カメがのっそりと頭を出した様な斜めになる状態がやっとでした。その焦る「私」の傍で看護師さんは「何か飲み物要りますか?」と聞きながら、今の「私」でもできる環境への配慮が、大きな安心に繋がりました。それが、医療者に逞しく信頼する力に変換されて、治療への意欲がうんと湧きました。

信頼するこころが作る――緊張を緩める力

何事も事務的で、パサパサとこころに潤いの無い看護師さんが部屋に入られる時や、初めて研修医が担当になった時には緊張感がありました。

ある時の採血時「私、注射苦手なんです」や、医師になりたての先生が「僕はマルク（白血病を診断する為に行われる骨髄検査）初めてなんです。だから、昨日はイメージトレーニングを沢山してきました」と、その告白に不安になり体全体がギョッとして、体中の全神経がその針先に結集し、体が強固な防御する状態になります。そこでの緊張感の振動は、他の患者さんにも今自分がされているかのような「痛い」恐怖感が波形となり伝染していきます。

緊張ある場面こそ、ちょっとしたコミュニケーションがあると有り難いです。優しさや柔らかさが場面に生れると、医療者に対して安心し信頼を置く。遠ざけていた「生きる希望」が逞しくなり明確化し、気持ちが随分と明るくなります。

心の揺れを安定させる力

はっきりと着地点が見えないものを何度も尋ね医師を困らせてしまう不安行動。説明からリスクの高さを咀嚼《そしゃく》したはずなのに、口が閉じにくい位の大きな塊となり、噛み切れず飲み込まないでもがいている不安。この不安を医療現場に分かってもらえず、ざわめき出しこころのふり幅を大きくしているのです。それでも病院を脱出しないのは、医療者の方々が、懸命に私の状態に向き合いなんとか命を繋げようとする不眠不休の体制からです。「私」の苦しさの原因を医療という行為で立ち向かい全力でサポートする力が、「大丈夫だ」という安心となり、こころの揺れを止めたのです。

看護師「まりさん」の存在

看護師の仕事は、医療現場で忙しいなかでも、患者の痛みに付き合い、現場状況に応じて迅速に判断し医師と連携する行動力や優しい人格が求められました。苦しい時こそその看護の効果を感じ信頼を置きました。楽しく会話が出来る看護師のなかで、「まりさん」は格別でした。まりさんは、高槻赤十字病院で勤務している一年目の看護師でした。彼女と話の視点を変化させることにより、失われた能力が回復へと自動的に動き出しました。言葉での遊びは、頭の回想場面が移動して外に出かけられるのです。すっきりとリセットさせた事により、治療するモチベーションを上げる効果になり助けられました。

安齋先生との信頼関係

安齋先生は、マスク越しに話される私の緊迫する状態の話の合間に、人として平等な関係での話をして下さる数少ない先生です。先生の話は、あらゆる場面を詳細に説明して下さいました。それにより恐怖心が理論的に理解する安心感。その為には、今の「私」を正しく伝えなければという必然性を感じたのです。それが、主体的に会話することに繋がったのです。

移植する為に転院する段階になり、大きな賭けに戸惑っている私を見つけると、先生から「僕も北川さんのような治療をする事になったら、どうしようかと悩みます。でも、ぼくは北川さんに元気になってもらいたい」と、この一言で移植への不安が消滅しました。「私」を信頼で包んで応援して下さる先生なのです。『生きていかなあかん』と、こころは勇気を持ち始めました。

ジャマタの活動――活動のきっかけ

退院後、外来で受診をしていた最後に安齋先生が、今度移植をする方向で考え始めた患者に対して「北川さんから、その患者さんに移植の経験の話をしてくれないか」と、依頼を受けました。沢山の可能性の前に立ちふさがる不安を解消できるものの一つに、私の「今ここにいる」存在を確認し安心を感じて頂けたらと思い快諾しました。

数日後、患者さんが骨髄移植を決めたことを知り、その決心に応援するため、安齋先生に「生の演奏で応援したい」と相談しました。安斎先生は、患者さんの苦痛を軽減できる手段だと考え、ＯＫの返事はすぐに出してくれました。

生演奏による応援――患者が患者に寄り添う力

平成一七年七月当日、多大なる医療者のご協力の元、四人部屋にキーボードを持ち込んで、移植経験した「私」が、移植をしようと決めた患者さんに生の音楽で応援することができました。退院しての「私」が、そこに張り付けられている患者さんに寄り添い、生の音楽を届けるという場面です。音楽終了後、痛みで苦しんでいた他の患者さんも皆さんが笑顔になられたのに感動し、ボランティアを続けられる様に勉強を始めました。その時まりさんもボランティアとして参加。音楽を楽しんだ後、次は二人で立ち位置を考え、安全に取り組めるように内容を考慮する様になりました。それが、ジャマタの始まりです。

色・音・風の動きあるものを空間に創る

田嶌院長に活動内容を了承して頂き、高槻赤十字病院七病棟の殺風景な食堂でジャマタ活動はゆっくりと始まりました。集まれる状態にある患者さんやご家族の方、友人、医療者も席を同じにして参加し、色・音を通して風を感じるような空間を創ります。活動仲間も沢山集まりました。同じ患者仲

ジャマタの活動風景

間のさやかさん（移植への不安で一杯の時に「私」に出会い、『私もひろ子さんのようになれるかもしれない、患者さんの希望になれたら』と退院後迷わず参加）、デザイナーのようこさん・なつきさん、理学療法士あつこさん、看護師しほさん・たかさん、介護福祉士よしぽんさん、病院事務しらぽんさん、料理人あーさん、学生あきちゃん、その応援をたけちゃん、やすくん、ジャマタの父が役割分担し、総合的に病院のなかにいる人達が、安心・安全である「空間を創る」という活動ができるようになりました。患者さんの状態を察し、内容も眼差しの非言語コミュニケーション力を高め、季節感のある色の優しさと音が融合していく空間は、病院らしくない異空間の環境創りです。この病院で同じく闘った患者が中心になってコミュニケーションする意義は、弱くなった生きる力を高めることにあり、互いに「生きる力」を確認する場面であると思っています。頭のなかで回想を何かに向けて動き出す場面は、「私」像を高めていると感じます。患者さん自身が音を出し、歌う事で元気な「私」が出現して遊び出します。少しのユーモアに触れ、笑顔の「私」が元気に気分をあげていく瞬間にジャマタは出会ってきました。医療者と一緒にリズムや言葉遊びを楽しむ空間は、病気を忘れ、優しい色に染められたような嬉しさが生まれます。安齋先生は、ジャマタをこうも紹介してくださいました。「医者としての医療行為はできるけれども、精神的にもすごくつらい患者さんに音で寄り添ってもらえるジャマタさんの活動や北川さんが患者さんと向き合う一人ジャマタの活動に助けられています。元気にしている患者さんの姿をみるのは、医者として嬉しい事です」。

ジャマタ活動は患者さんにとって、大切な情動的サポートだと感じています。そこには、『生きていかなあかん』を優位にさせてきた諸々の力を散りばめています。「私」にとって、患者さんと共にある場面を作りだすことで、私もまた、「生きる力」を頂けるのです。その「力」によって新たな力を獲得する、「私」が作り出す大切な「生きる力」なのです。

北川　ひろ子（きたがわ　ひろこ）

平成一五年　急性リンパ性白血病を発症
平成一六年　骨髄移植を受ける
平成一九年　病と共にいる人もそうでない人も、
　人間関係や環境を通じて「生きる力」を高めていくことを
目的としたNPO法人ja.ma.ta.（ジャマタ）を立ち上げる。
ジャマタのモットーはゆるむ・はずむ・あたたまる・
おもしろい・美しい・新しい。
出会えた方々の笑顔を見て、自分たちも元気をもらっている。
主な活動は、病棟の食堂環境に季節感を取り入れ、
音・色・触覚を通して患者さん・家族の方に寄り添うことなど。

第二章　その他の日、あるいは特別な日
――四回の手術を経て――

薬剤師　佐治弓子　結腸がん、大腸がん

①腸閉塞による緊急入院

話すは愚か者、黙るは卑怯者、聞くは賢者のわざなり
カルロス・ルイス・ブラウン『風の影』

二〇〇七年五月一〇日（第一病日）

午前　数カ月前から下肢の浮腫（むくみ）がだんだんひどくなり、階段の上がり降りが苦痛になっていた。が、以前ちかくの医師から心電図の異常を指摘されていたので、顔のむくみが無いことから心臓のトラブルと思いこんだ。

腹部膨満感（おなかがふくれた感じ）や食欲不振、そして一週間ほどつづいた便秘症状に、数日の通院が必要になるかと、ごく軽い気持ちでちかくの病院を受診。

腹部・胸部X線検査、腹部CT検査、尿検査、血液検査、心電図等の検査結果は、まったく予想を超えたものだった。結腸部にできた大きな腫瘍が腸管内をふさぎ、腸閉塞をおこしているという。

即入院の必要ありと告げられたが、いっこうに実感がわかない。前日までいちおう元気で通常の業務をこなしていたのだから面くらうばかり。

午後　しかし面くらってばかりはいられない。まずは処方箋調剤の患者さんたちに迷惑をかけてはならず、院外処方箋を発行している各医療機関、ひいては薬剤師会に迷惑がおよぶことは避けなければならない。

急ぎ帰宅し、留守中にはいっていたFAXによる調剤を粛々とすませ、各患者さん宅にはこれから入院するので至急処方薬をとりにきてもらうよう連絡し、連絡のつかないところへは夫と手分けして配達し、やっと夕刻に病院にもどることができた。

夕〜夜　自分の病状が相当重症なのかもしれないと気づいたのは、入院後、院長からのくわしい説明を聞いてからだった。

仕事どころか立っていられないはず、男性ならとうに死んでいるという極度の貧血状態（Hb値3g/dl）に、低アルブミン血症、つまり栄養失調で、カリウム値も心臓があぶないほどの低値だといわれておどろいた。大腸がタイヤのようにふくれあがっていて、緊急手術もかえって危険だとのこと。

夜になってから浣腸ののち内視鏡検査にかかったが、肛門から挿入しようとしたファイバー・スコープが腫瘍にはばまれて通らず、むりに通して腸壁を傷つけると致命的な事態になるので中止され、腫瘍の組織片の採取のみでこの夜は終了。特に苦痛もないのでやすらかな眠りにおちた。

五月一一日（第二病日　転院）

このままでは命の保証ができかねる、早急に転院を、という院長の強い要請にしたがい、京都大学医学部附属病院消化管外科に転院。

五月一二日〜一三日（第三、四病日）

早朝から声をかけてくれる先生の笑顔につづいて、担当医師チームが日に複数回診察におとずれ、体調やチューブのチェックなどに細かな配慮をしてくれる。医師は夜中にも来室してくれ、看護師たちは動きも手ぎわも鮮やかで、しかも一人として笑顔を絶やす者がいない。

こうした手厚い治療、看護態勢は退院時までたゆまずつづき、大きな安心感とこころの支えになってくれた。

以下要点のみ記載。

病名：結腸がん

総合的ながんの進行度（見こみ）：Ⅳ期（五年生存率一四・八パーセント。京都大学附属病院データ）
治療法：標準的治療法として「大腸がん治療ガイドライン」（大腸がん研究会）にほぼ沿った治療方法を選択する。上行結腸（結腸の初めの部分。右下腹部から上行して肝臓の下面に至る部分、編集部注、以下カッコ内同）。およびS状結腸（直腸につながる結腸の末端部分）のがんはどちらも原発巣（最初にがんが起こった部分）であることが判明している。
術式：京大病院では特別な理由がないかぎり、腹腔鏡下手術（カメラを目の代わりして、ディスプレイを見ながら行う手術）にておこなっているが、がんがかなり進行している本症例では、従来通りの開腹手術（正中切開）となる。

以上でインフォームド・コンセント（患者に治療の内容や目的を説明して、同意した上で治療すること）を終了。病室に帰ってから、渡された資料中の『大腸がんを理解するために』（京大病院外科）を読む。

その結果、体調不良の原因として大腸がんの可能性すら念頭に浮かばなかった理由のいくつかを納得することができた。

まず、近親者にがんを発症した者がいないので、警戒感がなかったこと。

逆に、親を心筋梗塞で失っていることから、下肢のむくみや脳貧血症状を心臓のトラブルと思いこんだこと。血便あるいは黒色便、残便感もなく、便秘症状にいたる直前まで、いわゆるバナナ状の快便が出ていたこと。

こうしたことが一種の心理的なマスキングの役目を果たしていたようだ。直接的な受診のきっかけは腹部の膨満で、のちに抜かれた腹水や胸水の量を考えると、タンゴの演奏には欠かせないバンドネオンぐらいのかさ高いお荷物をおなかのなかにかかえて平気で仕事をしていたわけで、これは医療者として恥ずべき蒙昧ぶりと自嘲せざるをえず、自分なりの総括ができたたいへん有意義なインフォームド・コンセントだった。

②結腸がんの手術

人は錯誤に立脚して始めなければならず　錯誤に真理を承服させなければならない

L・ヴィトゲンシュタイン

五月二一日（第一二病日　手術当日）

家族ともども驚いたことは「心臓が丈夫だったから長丁場の手術に耐えられた」という医師のひとこと。

長年親ゆずりの心臓が悪いと思いこみ、体調不良も心臓のせいとして受診を先のばしにしていたわけで、この間抜けぶりは人生最後のオチなるべし、と術後のおなかをかかえて夫と大笑いした。

六月四日（第二六病日）

右頸部に設置されていたＩＶＨカテーテル抜去。これですべての挿入管がはずされたことになる。

硬膜外麻酔（全身麻酔に併用され、術後の痛みを軽減するために背骨の間から局所麻酔薬を注入する）もふくめ、体の各所からのびるチューブが、最高時九本もあって判別不能となり、尿道カテーテルの存在を忘れ、便器にすわったが尿が出ないと騒いで赤恥をかいたこともあった。

この日、入院以来はじめて拘束フリーの身になったわけである。

同じくこの日はじめて体重計にのったところ、三三・九五キログラムの目盛におどろいてあやうく尻餅をつきかけた。日常の平均体重から一四キロの減量。夕食より七分粥。

六月一五日（第三七病日）

午後三時過ぎから五時まで、外来化学療法部において退院後の治療についてのオリエンテーション。

専任医師より化学療法の必要性、治療内容、投与スケジュール、有害事象などについてくわしい説明があり、さらに専任看護師より外来での受診方法、通院治療の留意点、自己管理の必要性などの説明をうける。

手渡された「自己管理ノート」には、外来化学療法の利点やリスク、副作用と日常生活の注意点、検査データ等々についての説明や、緊急時の連絡方法等が写真やイラスト入りでわかりやすく記載され、患者が毎日チェックを入れて、体調の自己管理ができるしくみになっている。

ＦＯＬＦＯＸ（フォルフォックス＝フルオロウラシル、フォリン酸、オキサリプラチンの三剤を併用する、がん化学療法の略号。使用する薬剤の頭文字をとって名付けられた。長時間の点滴を要する治療法と言われている）療法では、末梢神経障害による知覚過敏（しびれ感）が最もでやすいので、冷たいものや冷蔵庫や車のドア、水道栓等、金属製のものへの接触に注意すること。感染予防のため外出時にはマスクを着用し、帰宅後はうがい手洗いを励行することなど、専任看護師に念をおされた。

六月一六日（第三八病日　退院）

ようやく迎えた退院の日。救命して頂いた医療スタッフ全員にご挨拶をしたいと願ったものの、多忙を極める病棟では邪魔にならないよう手短かに謝意を述べるにとどめ、三七日間お世話になった病院をあとにした。

手術の朝はさわやかな五月晴れだったが、この日も極上の日よりであった。

③ 退院後の化学療法

（臓器機能が保たれている人では化学療法を行わない場合と比較して、化学療法を行った方が、生存期間が延長されることがわかっている。最近は副作用の比較的少ない抗がん剤の開発と、副作用対策の進歩により、日常生活を送りながら外来通院で化学療法を受けている患者も多い。「国立がん研究センターホームページより」）

六月二〇日（二回目）〜八月一七日（前半三カ月）

外来化学療法部において隔週計六回のフォルフォックス療法。

四八時間点滴というと毎回三日間入院かと思われがちだが、そうではなく、広々とした外来化学療法部内のリクライニングチェアに坐り、レジメン（Regimen＝がん治療で、投与する薬剤の種類や量、期間、手順などを時系列で示した計画書）にしたがって院内分の点滴を受ける。

フォルフォックスの場合は、オキサリプラチンとレボホリナート他の薬剤の点滴で二時間余かかるが、「外来化学療法」場合、縦一〇センチメートル余、底径五センチほどの「携帯型持続注入ポンプ」のなかのゴム製のバルーンがしぼむ力で薬液を一定速度で体内に注入するというしくみになっている。患者はこれをポシェットのように腰などに下げて帰宅し、あとは普段とかわらぬ家庭生活、社会生活を営むことができるし、入浴も可能である。

二日後に通院し、抜針とポート部の処置をしてもらい、この時点で投与スケジュールは完了ということになるが、抜針は近くの医院の受診、あるいは在宅抜針という方法もある。

日進月歩の先端医療にともなう周辺技術の進歩もまた目ざましいもので、その恩恵に浴する幸運に改めて感謝しなければならない。


八月二九日〜二〇〇八年二月一五日（後半六カ月）

六回目までの化学療法が無事経過し、術後三カ月目の造影CT検査の結果にも特段の問題はないという主治医の判断で、後半のコースについて説明を受けた。

オキサリプラチンの副作用の一つであるしびれ感がひどくなるケースが少なくないので、以降はフォルフォックス療法からオキサリプラチンをはずした方法、つまり「術後補助化学療法」に切り替えるとのこと。

なお、後半からは5-FU（フルオロウラシル：さまざまながんに広く適応があり、特に消火器がんの化学療法における基本的な抗がん剤）を内服すれば点滴のための通院回数が減る、という方法もあると言われたが、普段から薬を飲む習慣が無く、コンプライアンス（薬を用法・用量にしたがってきちんと服用する）に自信が持てないという、薬剤師にもあるまじき理由をつけて、従来通りの点滴治療の続行をお願いした。

専任看護師より、オキサリプラチンの影響が急に消えてしまうわけではないので、今後も用心が必要なこと、5-FUの副作用である皮膚の色素沈着などが現われてくるので、外出時は紫外線に注意すること、手指の皮膚が薄くなってくる場合があるので、クリーム等による保護につとめること、粘膜障害にも同じく留意することなど、改めて注意をうながされた。

三月一一日

テレビの「徹子の部屋」にゲスト出演した湯川れい子氏（音楽評論家・作詞家・ノンフィクション作家、二〇代の頃輸血が原因でC型肝炎を患う）の話が興味深い。「同質の原理」と称し、鬱状態のときに勇壮な曲はなじまない。悲しいときは悲しい曲を聴いて涙を流す。そのほうが心理的癒しになる、と。がん患者が集まる「がんサロン」のコンセプトにも通じる感覚として共感する。

④ 術後一年目

二〇〇八年五月七日

血液検査、大腸内視鏡検査、造影ＣＴ検査。特に異常なしとの診断。

五月一七日

京都市民公開講座（於　国立京都医療センター）「がん患者は語る」にて、「結腸がんからの帰還」のタイトルでスピーチ。

八月二四日

滋賀県薬剤師会在宅ホスピス薬剤師研修会講師として

「エビデンスの医療からナラティヴの医療へ――患者の「物語り」を聴く――」のタイトルで講演。

※ＥＢＭとＮＢＭ

エビデンス・ベイスド・メディスン（ＥＢＭ）Evidence Based Medicine 科学的根拠に基く医療

ナラティヴ・ベイスド・メディスン（ＮＢＭ）Narrative Based Medicine 物語りと対話に基く医療

ＥＢＭにおいては、病気は細分化された臓器別の疾患（disease）として対象化されるが、ＮＢＭにおいては、病い（illness）を患者の全人的なものと考え、患者の物語りを傾聴し、医療者と患者の融和交流を最重要視する。

しかしＥＢＭとＮＢＭは対極的ないしは対立する概念ではない。Disease と Illness を擦り合わせ（negotiate）、より良い医療を実践推進するための、相互補完的な方法論である。

⑤卵巣転移

九月三日～四日

造影ＣＴ・血液・エコー検査。

結果：左腹部に圧痛があり、左卵巣に腫れ。腹水貯留。肺に影あり。

九月一八日

卵巣が腫大しているので転移と思われる。子宮は筋腫か。直腸周辺に腫瘍あり。左肺に五ミリ大の影があるとのこと。主治医より一〇月入院の予定を聞いて帰宅。

九月一九日

正午過ぎ小用に行くと出血があり驚く。いちおう消化管外科で肛門を診てもらい、異常なしということで婦人科へ回り内診を受けた。出血の原因は不明ながら子宮内に何かできているのは確かなので、手術時に卵巣とともに摘出したほうがよいとのこと。

九月二四日

毎日生理程度の出血がつづくので貧血の不安もあり、主治医に連絡を入れ、翌日の診察前に血液検査の予約を入れてもらう。

⑥二回目の手術

二〇〇八年一〇月一日

入院。X線・心電図・呼吸機能検査、婦人科内診。

一〇月五日（手術当日）

午後二時半より手術開始。摘出時には直径二〇センチメートルほどもあったという直径一四センチメートル（通常は二～三センチメートル）に膨れあがった左卵巣と、閉経期平均の倍くらいの大きさに腫大した子宮を摘出。直腸外壁の腫瘍ほか肉眼で確認できる限りの腫瘍を摘出したとのことで、五時間半にわたる執刀医チームの苦闘がしのばれるが、増殖の速いがんで、肝臓か肺に転移していたら救命は難しかっただろうとの説明を受けた。

それにしても転移した卵巣でエストロゲン（Estrogen＝ステロイドホルモンの一種。一般に卵胞ホルモンまたは女性ホルモンとも呼ばれる）を産生し、自らも巨大化。子宮を妊娠可能な大きさにまで膨らませ、乳房を豊かにさせたがんのクレイジーな懸命さはどうだろう。

わが分身のがん細胞ながら、その奮闘の結果切除されてしまったのだから、哀れというか、複雑な心境に至った術後のひとときだった。

一〇月一二日（術後九日目）

しびれ感が出るたびにカルシウムの点滴を受けて回復するものの、カルシウムの低下原因は不明で、手術および輸血八〇〇ミリリットルの影響もあるのかもしれないということ。手術の侵襲が大きいので腎機能が心配され、急激な腎不全症状が起きる可能性があるので、一週間ほどは油断できないが現時点では特に問題はないとの説明。

一〇月一七日（退院）

摘出した腫瘍の顕微鏡組織検査結果については、卵巣および子宮、直腸、すべて結腸がんの転移巣であることが判明。これは予想通りであることを説明される。
術後の経過が順調で当初の予測よりも短期間で退院できたことは幸いだった。

⑦退院後の化学療法

一一月六日
心臓が躍るような不快感で午前零時ごろ目ざめ、しばらくベッドに坐ったりして過ごし、三時ごろには就眠。気になるので朝から受診。心電図検査では特に問題はなく、狭心症発作の可能性はほとんどないとのこと。原因は不明で、化学療法の副作用としては一週間たっているので関係はないと思われる。もし化学療法が原因だとすると今後続行できないという困った事態になるので、様子を見ることに。

一一月一二日
退院後二回目のフォルフォックス療法。アレルギー症状は起こらず平穏に推移する。

二〇〇九年二月三日
厚生労働省の「先進医療専門家会議」で、KRAS変異遺伝子検査（がん細胞のKRAS遺伝子の変異の有無を調べる検査）が先進医療として認められた。EGFR（上皮成長因子受容体）陽性の切除不能大腸がんに限る、という条件つきながら、混合診療にならずに、KRASを測定しながら患者の治療に生かせる、というシステムがわが国でも成立、つまり保険適用となった※。治癒切除不能な進行・再発の結腸・直腸がんの治療薬には、ＫＲＡＳ遺伝子が変異していないタイプの症例で有効性が大となる分子標的薬（「アービタックス（一般名　セツキシマブ」）があるので、事前に遺伝子型を調べることが必須条件となり、大腸がん患者にとってはまさに朗報である。

※　混合診療：保険診療において保険外診療（自由診療）との併用は原則禁止されている。

二月一二日

化学療法の影響か歯肉の状態が悪化。外来化療部の医師から歯科口腔外科へ連絡後受診。診察およびＸ線検査の結果重度の歯周病という診断。ブラッシング指導および歯石除去などの処置を数回にわたって受ける。後日六本抜歯の予定と聞かされ、おそれをなして二回にわけての抜歯をお願いする。

四月一三日

デイ・サージャリーにて左上顎三本、左下顎一本抜歯。三月二三日に上下各一本抜いているので、合計六本の抜歯となる。二日後縫合部の抜糸。

六月二五日

転移手術後九カ月目の造影ＣＴ検査。異常なし。次回は九月の予定。化学療法はエンドレスで継続中。

⑧直腸がん（原発巣）および骨転移

九月二四日

転移手術後二年目の造影CT検査。直腸部に異常所見あり。

一〇月一日〜二六日

直腸腫瘍および右大腿骨頭部に転移巣判明。

排便後の肛門からの微量出血が続いていたのにもかかわらず、結腸がんから直腸への転移はあまりないという先入観にとらわれて痔疾と考え、主治医への申告が遅れたもの。

一方、右大腿部の微妙な痛みが気になっていたので、転移がPET（「陽電子放射断層撮影、がんを検査する方法の一つ。早期発見のため、特殊な検査薬で「がん細胞に目印をつける」事ができる。従来の検査にくらべて、ずっと小さな早期がん細胞まで発見することが可能で、現在は、全国の専門施設で受診することができる）で判明して逆に納得。

⑨三回目の手術

自らを笑う正直さがなくては　強いこころは生まれません　ジェイムズ・グレイディ

一一月一〇日（手術当日）

午前八時半より七時間におよぶ大手術に。直腸がんはⅢ期くらいと予想されていたが開けてみると腫瘍が隣接する膣壁にまで浸潤したⅣ期。関連転移部および直腸摘出。ストーマ（人工肛門・便を排泄するために腹部に造設された消火管排泄孔）造設。左リンパ節の郭清による尿路への神経切断。腹膜播種は一箇所のみだったので、予定されていた温熱化学療はなし。

一一月一一日（術後二日目）

日本の大腸がん治療は長足の進歩をとげているから諦めないように、と入れ替わり立ち代り来室する医師達が励ましの言葉をかけてくれる。困難な手術でお世話をかけるばかりなのに、毎回のことながら医療スタッフ達の患者の心身への気くばり、思いやりには感謝するばかり。

ひどいヘルニア（Hernia＝体内の臓器などが、本来あるべき部位から脱出した状態）を処置したので腹壁をだいぶ引き寄せて縫合したため、腹部のつっぱり感が出ると言われたがさして実感はない。それよりこのところがん仲間からヘルニア手術についての相談を受け、資料を集めて話しあっていただけに、ほかならぬ自分がヘルニアだったことにおどろく。手術のたびになにがしか自嘲せざるをえない珍事にぶつかるが、このたびも自分のうかつさを笑うしかない。

早速歩行訓練が開始されたが、午前中は吐き気がひどくて歩けず午後から歩行。三九度近い熱発でさすがに意気上らず。

一一月一三日（術後四日目）

見舞いメールがたくさんはいるので、深夜までｉＰＡＤによるレスポンスにかかりきり。「付添いのご主人が熟睡していて、術後の患者さんが元気でパソコンに夢中というのは珍しいですね」と看護師。

一一月一四日（術後五日目）

深夜、パウチ（Pauch＝ストーマに装着した排便を一時的に貯めるための袋、人工肛門）が膨れているがガスがよく出ているくらいに思い気にせず就寝。朝、看護師の腹部診察でパウチの破裂が判明。パジャマから寝具すべて取りかえてもらう。張りかえたパウチは粘着ガーゼ包帯で補強。その後別の看護師が体の清拭と着替えに訪れたので、「たった今すべてきれいにしてもらったから不要です」、と言ったとたん、またまたパウチからの便漏れが発覚。またまた清拭と着替えと寝具の交換、そしてパウチの付けかえ。すべて終了したのは正午。結局午前中いっぱいパウチ暴発、再暴発の始末に終った。良い経験と思う。ゼリー半カップとヤクルトを飲む。

一一月一五日（術後六日目）

看護師からパウチの中身をトイレにあける方法を詳しく教わる。なんとなく気分不快。昼食の三分粥、スープ、ポテトサラダ、煮物など完食して看護師を驚かす。

一一月一六日（術後七日目）

看護師指導のもと処置室でパウチ交換の実習。途中で気分不快となり手順など覚えられず。

一一月一八日（術後九日目）

交換したパウチ内がからなので、便が出ないと看護師たちに言いふらす。ガスがよく出て吐き気も腹痛もなく気分もよければ大丈夫、と教授に言われて気をよくしたが、その後排便あり、安心する。自尿は出ず。自己導尿（自分で膀胱に管を入れて定期的に残尿を排出すること）は定時に一日四回。

一一月二〇日（術後一一日目）

手指の消毒に充分注意しているつもりだが尿路感染発症。抗生剤四日分処方。

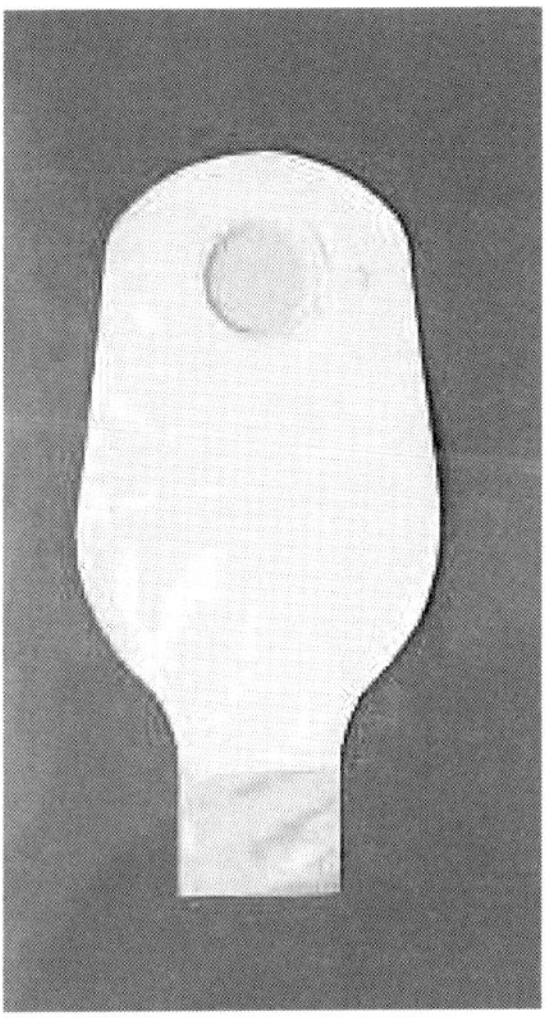

パウチ

一一月二二日（術後一三日目）

これまで看護師の手を借りていたパウチ交換に今日は一人で挑戦したが、なかなか難しく手こずる。午後から心電図検査。

一一月二三日（術後一四日目）

シャワー時に看護師がパウチからの便漏れに気づく。昨日はじめて自分一人で交換したもの。処置室で再交換してもらう。パウチ装着が満足にできないと困るのは自分だから、しっかり覚えないといけない、と看護師に諭される。

一一月二四日（術後一五日目）

教授来室。顕微鏡検査の結果、直腸がんは原発巣であるが予想以上に広がっており、膣への浸潤部も摘出したが大きなものであった。肺の転移巣も数が増え大きくなっている。大腿骨頭転移部の骨折が危ないので、放射線治療のカンファレンスをはじめる。肺その他の転移巣には化学療法で対処する、との説明を受ける。いよいよ腹をくくらねばならないようだ、と夫に連絡。その後放射線科受診。

一二月一日（術後二二日）

午後から単純ＣＴ検査による放射線照射部位のマーキング。喉頭部などの粘膜照射はやはりきついが、大腿骨への照射はそれほど心配するほどのことはない、という元気いっぱいの看護師長の説明を聞き、初体験の放射線治療に対する不安が軽くなる。

一二月七日（術後二八日目）

今日より一〇回の予定で右大腿骨頭転移部へのＩＭＲＴ（強度変調放射線治療強度変調放射線：腫瘍の形、位置、大きさなどを医師側の指示でコンピューターが最適照射計画を算出し、腫瘍のみに放射線を集中して照射する革新的技術。周囲の正常組織や臓器に腫瘍と同線量が照射されることによる合併症を軽減しながら根治性を高める）を受ける。技師や看護師たちのこまやかな介助を受けて緊張がほぐれ、何の苦痛もなく初回無事終了。

一二月一六日（術後三七日目）

ベッドが詰まってきたため一二階の集学的がん診療病棟（集学的がん治療：手術（外科療法）、薬による治療（化学療法）、放射線を使う治療（放射線療法）などを組み合わせて治療すること）へ移る。六階の病棟と同じく、ここでも初発時にお世話になった看護師たちと懐かしく出会い、不思議な安堵感を得る。

一二月二一日（術後四二日目　退院）

放射線治療を受けるために退院が遅れたが、二〇日の日に一〇回目の治療が完了。二一日退院。

⑩ 退院後の化学療法

死は生を支える利他的なものであり、命の本質は生そのものではなく　生も死も超越した「調和に向かう変化」なのである。

井上冬彦（内科医・写真家）

一月四日

正月気分に浸っているひまは無く、早速今日からＦＯＬＦＩＲＩ療法（フォルフィリ＝欧米を中心に広く行われている療法。これまでの治療に比べて延命効果があることが証明されている）開始。フォルフォックス療法のオキサリプラチンをイリノテカン（ＣＰＴ-11＝植物由来の抗がん剤。がん細胞の分裂に必要な、酵素の働きを抑える事でがん細胞の増殖を抑え、腫瘍を小さくする作用を持つ）に替えたレジメンで、脱毛、下痢といった副作用がよく知られている。点滴開始後しばらくすると鼻水がとまらなくなり、その後は暑くて汗が吹き出し、団扇を持ってきてくれた看護師の気配りに感心。妙な副作用である。

一月六日

抗がん剤に限らず副作用は個人差が大きいが、イリノテカンの下痢を警戒したら逆に便秘状態になった。酸化マグネシウムやヨーグルト、酪酸菌製剤などで腸の機嫌をうかがう。夜から排便あり。

三月一一日

東日本大震災、マグニチュード九に震撼。大津波の惨状、未曾有の惨禍。言葉を失う。わが身の安泰を思えば、人工肛門、人口膀胱などのパウチ装着や自己導尿の患者たちはどう対処しているのかと案じられ、双方の用具一式をまとめて結構な大きさになった袋を、果たしていざとなったら持ち出せるものかと終日にらんで過す。

三月二九日

五月の予定を早めたＰＥＴ／ＣＴ検査。

震災による原発事故の放射能漏れ問題が連日メディアで報道され、空気中や大地、食物など自然界から受ける放射線の話、飛行機に乗る人は地上での数倍の放射線を浴びる、といった話とともに当然医療における放射線被爆のことも話題になる。

検査や治療による被爆の限度は法的に決められていない。被爆するデメリットより診断や治療によるメリットのほうが上回ると解釈されるからである。

アメリカでは累積被爆量の記録手帳が患者に渡されるそうだが日本ではどうなのだろうか。調べてみると日本放射線技師会発行の『レントゲン手帳』他があり、各運用医療機関から患者に渡されているという。

旧知の放射線技師に日本でこういうものが一般化しない理由を尋ねてみた。やはり患者に余計な恐怖心を与えてはまずい、という医療者側の懸念が大きいのではないかという。

四月一五日

歯科口腔外科受診。X線検査結果、抜歯が不可欠というほど歯周病が悪化しているわけではないようだが、ゾメタ（骨に転移したがんの治療や、多発性骨髄腫とよばれる骨のがん、がんによって起こる高カルシウム血症の治療に用いられる薬）使用期間中に歯の治療が必要になった場合、確率的にそう多いことではないが顎骨壊死という副作用に見舞われる可能性を考えて、上顎全抜歯五本、右下一本、計六本の抜歯を決意。上が総入れ歯になるわけで、今後の食生活にも影響が出るものと夫は同意しかねており、迷いがないとは言えないが、ミゼラブルな副作用は回避したい気持のほうが強い。

五月三一日

午後からデイ・サージャリーにて抜歯。思ったより早く済んだが帰宅後も止血ガーゼを噛んでいる口元から血が流れてくるので、首の回りによだれかけのようにタオルを巻く。

今回は一度に六本抜歯だから出血もはんぱではない。それでも一時間ほどで出血はとまり痛みは大したことはなく腫れもないので有難い。

六月七日

白血球がまた一九〇〇に落ちたことと（白血球の基準値は三五〇〇〜九五〇〇とされている。小川聡総編集『内科学書』Vol.6改訂第七版、中山書店、二〇〇九年より）、抜歯跡の化膿リスクを考慮して点滴中止。

六月二八日

この数日三八度前後の発熱あり。尿の色が赤っぽく不透明で気になるので、化療主治医に連絡し、尿検査の追加を依頼する。

⑪ 転移部骨折による緊急入院

運命はそれを避けて辿った道の先に　しばしば待ち構えているものである

ラ・ロシュフーコー

六月三〇日

今日は龍谷大学文学部教育学専攻の学生さん対象の「いのちの授業」で、「エビデンスの医療からナラティヴの医療へ――がんサロンにかける想い――」と題する特別講義の予定を控えているので昼過ぎから同大へ。校舎へ入るスロープで、その日はじめて使った四つ足の杖につまづき右足がねじれて動かなくなった。

まさか骨折とは思わず、そのまま車椅子に乗せられて教壇に運ばれ、一時間半ほど話をして、まだ足が動かないことに気づき、サロン仲間の看護師たちの助言に従い、京大病院に直行。

救急外来経由でX線とCT検査の結果、右大腿骨頭部完全骨折の診断。そう言われれば激痛で右脚は動かない。

整形外科の医師たちをはじめ消化管外科、化学療法部の医師たちが次々にベッドサイドへかけつけて下さる。外科主治医は、骨折ということで絶句された。整形外科に空床がないので、とりあえず消化管外科病棟に緊急入院。

七月七日

夕刻より整形外科看護師よりオリエンテーション。その後整形外科医師より手術についての説明。X線写真を初めて見る。見事に折れているので驚く。

⑫ 四回目の手術

笑いのない一日は　無駄な一日である

チャールズ・チャップリン

七月一一日

理学療法士が来室。重心のかけかた、体位の変えかたなど細かく指導されて動作を繰り返し、うまく車椅子に移れるようになった。明日からリハビリ開始。

七月一八日

早朝看護師から「なでしこ勝ったそうですよ」と知らされベッドから飛び上がりそうになる。なでしこジャパンW杯優勝。岩清水選手のレッド・カードが効いた。身を捨ててこそ浮かぶ瀬もあれ、という。我（が）を捨ててこそ活路が開ける、もって瞑すべし。

七月二五日

整形外科医の勧めにより車椅子で外来に行き化療主治医と面談。

まずは、転ばぬ先の杖につまずいて骨折した滑稽さ、そして骨折のリスク軽減のためにゾメタ使用を決め、副作用回避のため六本も抜歯したあげく、来週からゾメタ使用、という段になって骨折してしまったというナンセンスな顛末について大笑する。患者が笑っているので主治医も仕方なく笑う。

今後のゾメタ使用の可、不可については整形外科と相談。化学療法再開も退院時期などとのからみで決定。余命については生存期間中央値が二年ということ。肺の転移巣については今すぐどうということはないだろう。骨盤内膀胱周辺の影については予測がつきにくい。腸閉塞あるいは腎臓・尿道関連のトラブルが起ればすぐ対処できるので、あと数カ月というような余命ではないだろう、など詳しく説明される。

※　生存期間中央値（Median Surviral Time MST）：診断または治療が行われてからの期間で、既知の疾患を有する患者の半数において生存が認められる、ないし、生存が期待できる期間。患者の平均生存期間。

七月二八日

術後三週目でリハビリも順調に進んでいる。今日から右脚のリハビリも始まり、平行棒につかまってソロソロと両脚歩行。思ったほど痛みはない。

八月一一日

片杖つき歩行訓練開始。高齢での骨折で一時は寝たきりなるのではと危惧され、車椅子での生活を想定してバリアフリーの住まいへの転居も考えていたが、思いもかけぬ早い杖歩行にこぎつけた。担当理学療法士の懇切丁寧な指導のお蔭と深く感謝する。

⑬ 退院後の化学療法

杖といふ脚が増えたぞ秋燕　　森川清志

九月八日

術後の経過もリハビリも順調ながら、膀胱炎症状の繰り返しで退院が遅れ八月二一日に入院五三日目の退院となった。

この日は退院後初めての消化管外科主治医の診察で、杖をつきながら入室すると、よくぞここまで回復された、と満面の笑みを浮かべて喜んでくださった。京大病院に四回命を救われました、と私も深々と頭を下げる。

⑭肺塞栓症

一一月一六日

血栓症の疑いが濃くなった。緊急入院の手配も空床がなく、通院で血栓溶解を図ることになる。心エコーの結果は異常なし。

一一月一七日

救急外来にて皮下注射。肺塞栓症では急死するケースが多いので、息苦しさなど異常を感じたらすぐ救急車で来るように、と前日に引き続き念を押される。

がん患者は必ずしもがんで死ぬわけではない。がん患者は血液が固まりやすくなっているので、肺塞栓や心筋梗塞、脳梗塞など血栓の飛んだ場所によって致死的な転帰をとる場合がある。

一一月一九日
救急外来で名前を呼ばれて入室し、「いつから血尿が出ていますか」と医師に尋ねられ、「わたし血尿出ていたんでしょうか」ととぼけた返事をしたとたん人違いとわかった。
医療機関で患者の取り違え事件が起こるが、当方のような粗忽な患者もいるから医師もたいていではない。

⑮ 転移巣の拡大

何でも妙なことにぶつかったら　笑うってことがいちばん賢い　ハーマン・メルヴィル

一二月五日
血栓がらみで中止していた一カ月ぶりの化療。
一二月一三日
昨春五月に発会し、本日で八回目を迎えた「京大病院がん患者・家族交流会」に「ピア」という愛称が決まる。ピア・カウンセリング、ピア・サポートなど繁用されているが、Peer の意味するところは「社会的にまったく同等な仲間、同輩」ということで、単純明快、がん患者どうしの交流の場にふさわしい名称と自讃。

一二月一五日
　一日の結果を受けての消化管外科主治医の説明。転移は肋骨、胸骨、肺、肝臓、膀胱周辺と、体内各所に広がっている。
一二月二〇日
　ゾメタ使用が実現し、これで六本抜歯した甲斐があったというもの、と言うと周囲がどう対応すべきか困惑した表情になる。転移巣が拡がって、のことだから笑っている場合ではない。しかし確かに笑ったほうが目先が明るくなる場合もある。

⑯不死の存在とともに有限を生きる

山茶花の散り際といふ見頃かな

菅井久美子

さまざまなイベントを繰り返しながらも二〇一二年の春を迎え、この五月で結腸がん発症から五年目に入ることになる。

発症当時、余命わずかと悟り、医療者として残された余力を有効に使える道は何か、と模索を続け、そのなかで行き当ったのが、がん患者や家族、遺族が集う「がんサロン」というコンセプトであった。

進行性乳がんの患者さんを対象にしたアメリカの研究では、定期的に会合に出席した患者さんと、そうでない患者さんとで、その後の生存期間に大きな開きがみられたこと、鬱状態の改善にも顕著な差が現われたことなどが報告されており、日本でもがんセンターの医師から、精神面における同様の研究結果が示されている。

患者や家族どうしでないとわからない悩みをわかちあい、お互いに支えあう場、今や二人に一人が罹患し、三人に一人ががん死するというわが国において、がんが特別な病いでもなく忌むべき疾患でもないことをアピールできる空間、そして患者自身も治療目的ばかりにとらわれた自閉的生活から自己を開放し、豊かな社会性を育て得る時間、そうした有機的機能を持つサロンの実現こそ、残された余生を照らす光になるのでは、とも思った。

以来五年のあいだに多くのがん仲間やグループとの知遇を得、自身がかかわる複数のがんサロンも順調に成長を続けている気配が、思わぬ長さとなった余命への感謝の念につながる日々である。

がん医療はまさに日進月歩、その先端治療の恩恵を受けてここまで生き延びることができたわけだが、その一方でがんは細胞の設計図であるＤＮＡのコピー・ミスから生まれた死なない細胞であり、自己死（アポトーシス）を知らず、無限の増殖能を持つ細胞である。

六〇年前に亡くなった子宮頸がんの米人女性から採取された細胞は、「ヒーラ細胞」と呼ばれ、今なお世界中の研究機関で生き続けながら、さまざまな研究を通じて二〇世紀後半の生命科学と医学の飛躍的な進歩に貢献してきた。

「死すべき者としての人間（mortal）に宿る不死の生（immortal）」この皮肉な哲学的命題はおそろしくも実に魅力的であり、この命題の端正な美しさと、山茶花の散り際を見頃と詠う句には通奏低音のように響きあうものがある、と感じざるをえない。

末筆ながら、こころ優しく優秀な医療スタッフ、献身的に支えてくれる家族、そしてすべての友人たちにこころからの感謝を捧げたい。

佐治　弓子（さじ　ゆみこ）

一九三八年、埼玉県川越市生まれ。
一九六六年まで、坂東富二絵（坂東流師範名取）
　として、日本舞踊教室主宰。
一九八一年、京都薬科大学生物薬学科を卒業後、
　同大学微生物学研究生を経て、二〇〇七年五月に
　結腸がん発症するまで、佐治薬局管理薬剤師、
　京都府立医科大学法医学教室研究生。
がん発症後は、がん患者サロン活動を展開し、
がん「サロン・レモンタイム」、京都大学病院
がん患者家族交流会「ピア」設立に尽力し会長を務める。
著書にECタブ『デュマレスト・サーガ』シリーズ
（東京創元社）など五冊（SF作家クラブ所属）、
『HLAの不思議』（二〇〇九年佐治博夫共著）がある。
二〇一二年七月一二日、日本バプテスト病院ホスピスにて永眠。

第四章　超　病　論

――教壇の社会学者が、臨床のがん患者になった時――

大学教員　前田益尚　下咽頭がん

これは、常日頃、教壇から、社会問題に関して、〈理解より、解決！〉を叫んでいる強気の一社会学者が綴った入院日記です。

著者は、親不知を抜く際、喉に違和感があり、生体検査を受けた結果、二〇〇七年四月一九日、重度に進行した下咽頭がんで、声帯を残せば、余命〇年と宣告された。

しかし、教壇から、次世代に、独自のメディア時評を伝えることが生きがいの著者は、受け入れられず、当時日本で唯一、声帯を切除せず残して完治を目指す名医と出会って、すべてを一任。医師のいる京都大学附属病院に入院後、治療始動と共に、ＳＮＳで公開日記を書き始め、以下は、その要所を抜粋したものです。

当日記は、リアルな肉声肉筆を、可能な限り、ありのままに再生したため、見苦しい様も含めて、現実描写だと、ご理解ください。病気、治療に慄き、文体は乱れに乱れながらも、社会学者たらんと強弁を奮っている無様なドキュメント。時系列に沿った、ほぼ加筆・修正のない再現のため、乱筆乱文で読み辛く、突拍子もない内容ですが、これが、がん患者のこころの乱れと、〈超克の軌跡〉だと、ご覚悟の上、お読み頂ければ、幸いに思います。

著者自身には、アグレッシヴに、がんに立ち向かい、閉塞的な病棟環境で、明るい異化効果を示せたという、自負があります。

二〇〇七年五月八日入院～二〇〇八年二月一九日退院（日記開始：二〇〇七年五月一七日）。
於：京都大学附属病院。
病名：下咽頭がん（ステージ4に近い進行）。
手術日：二〇〇七年五月二八日（声帯を残して完治を目指す実験的な施術）。

術　前

薬の副作用で、悪酔拳　二〇〇七年五月一八日八時五分

実は俺、荒野のガンマンとして入院中です。しかし銃社会ではない日本で、ガンマンが生き残る道は厳しい。抗がん剤（内服）も、第二クールに入り、プチ副作用各種あり。舌のもつれ、歩行時のふらつきがマイ酔拳の体。たとえば、〝舌のもつれ〟は、トークが身上の俺には今までご法度やった。

しかし、抗がん剤の副作用で、一時しゃべりが噛み噛みになる。いわゆる〝ナチュラル・ボケ〟を初体験。

迷路　二〇〇七年五月二六日二時四五分

主治医に病室から外来棟にある診察室まで導かれて、エコーを受けた帰り際、「病棟まで帰れる？」と聞かれ、往路、主治医に対しても、毎度のトーク・マシンと化して、周りを見て行かなかった俺は、よく把握してなかったけど、咄嗟に「あっ、迷路やと思て楽しんで帰ります」と答えた。

大学病院はデカく、一部ずつ増改築や建て直しを繰り返している為、思いのほか複雑な構造になっている。しかし、行き倒れになっても、そこは病院。心置きなく迷い切れる。

とまあ、ナルシストの俺ならではの病院娯楽化〜第一部最終章でした。

術　後

九日後　二〇〇七年六月六日一九時四四分

五月二八日の〝一瞬にしてがんを消す〟《イリュージョン》（手術）は、大成功だよ！　一二時間興行。みんな応援ありがとう！！

手術当日は、見送って下さった師長さんらに、〝ショウ・タイム！〟と叫んでオペ室へ向かった俺の夢芝居。

全身麻酔では、決して見られないと言われていたのに、映画『小さな恋のメロディ』のような小粋な夢を見たのも束の間？《イリュージョン》終演後、覚醒してみると、チューブを蛸足配線される身体と、パンク寸前の顔（目が開かない！）。さらに、〝生みの苦しみ〟が待っていた！

アトラクションの概要：

切開されっ放しの気管にタンが溜まると、不気味な呼吸音が響き、看護師さんに吸引してもらう。ここがクライマックスで、苦しくて苦しくって苦しすぎて、みんな絶叫必至！また、この担当者を〝吸いタン〟と呼ぶ（笑）。

これが、毎日、嫌でも乗り放題だけに、メチャメチャきつい！！俺は今日も、ヒューヒュー泣きながら絶叫してます！

刺青より傷痕　二〇〇七年六月二〇日二時二一分
（下咽頭）ガンマンのオペは、腹→腕→喉、と皮やら血管やらを玉突き移植した。当然、身体には大きな傷痕が残る。いよいよ、抜糸やガーゼが取れていくと、その全貌が見えて来た。
腹は、二〇年前ここで、肋軟骨を耳へ二回移植した痕があるんで、傷痕が三つになる。都合、三回、切腹に失敗した。

腕は、継ぎ接ぎ状の皮膚移植で、フランケンシュタインの体。そして喉は、真一文字にザックリいってるんで、かっ切られた！　なにか犯罪に巻き込まれ、殺されたはずが、生きているの体（笑）。というように、傷痕には、イマジネーションがかき立てられ、さまざまな物語が設定できる。常人なら、傷痕は消そうとするか、小さくしたいのが人情。

でも、ニセ超人の俺は違う！！　刺青は、その筋の人、もしくはカウンター・カルチャーの証というステレオ・タイプしか想像できない。

しかし傷痕は、その背景に、さまざまなストーリーを想像できるから、上記のように、一本の傷で、映画一本分。痕が大きければ、大きいほど、大作を予感させる。

香具師でトーク・マシンの俺は、会う人と会う人に違う傷痕のエピソードを語るだろう。いまから、どんな逸話をデッチ上げるか、ワクワク！！

化学療法開始

がんのジェノサイド（一掃）　二〇〇七年七月二日一時三〇分

二〇〇七年七月三日、総攻撃開始決定！

放射線と平行して化学療法も行うことになった。同時にやれば、俺もダメージ倍増だが、がん細胞の残党を一気に叩ける！　血管から直接入れる抗がん剤は、キツイ副作用を覚悟せねばならん。しかし、超人の俺には、薬の余波など笑止！

核攻撃と同時に化学兵器を使用すること、流石の主治医も、躊躇していたが、根治のため、俺は自ら志願した。

これから六週間。いよいよ、最後の闘いが始まる。俺に刃向かうがん細胞は皆殺しにしてやる！

根が腐っている　二〇〇七年七月一二日七時一六分

ゼリー解禁。最初に俺がとった行動は、一気食い！　夢にまで見た、口から食いもん！　なのに、ランチタイムの前後の処置が入って、時間がない！！

結果、完食、満腹、大満足！！！　洩れも、咳き込みも、な〜い！！！　案の定……

しかし、地道な練習再開。少しずつ、少しずつ、ゼリーを噛み締めながら、何度も、何度も、ごっくん、ごっくん。

ところが！　非常口として開けっ放しの、喉の穴から、ダダ洩れ！！　何度やっても、どれだけ慎重にやっても、洩れ洩れ！！！

リハビリの先生、大落ち込み。

「私の指導より、一気食いの方が正しかったのかも」。

俺も、重ね落ち込み。

「あっ、あれは火事場のバカ力ですから……」。

暗く、沈滞した空気。また、ひとを傷つけてしまった。俺は、明るく自由に生きて、まわりも楽しませてきた自負はあるが、いつも、こうやって、その時、最も大切なひとを傷つけてしまう。

遠い昔、わかれた彼女の捨てゼリフが思い出される。「あなたは、根が腐っているのよ」。

正解！！

点滴棒レース　二〇〇七年七月一四日一時三二分

化学兵器使用のおかげ（笑）で、俺は、久しぶりに、長時間、点滴のお世話になっている。

放射線浴に行くにも、売店へ行くにも、滑車の付いた棒に点滴ぶらさげ、スイスイ？　いや、今回、俺は地に足を着けている。愕然！　と思い出した。

二〇年前、俺は、点滴棒を駆って、病棟を縦横無尽に疾走していた！　片足を滑車の台に置き、もう片足で地を蹴る！　手は、握りやすいハンドル付の棒を選ぶ。滑車にもこだわり、最も滑りのイイ、ホイール付きの棒を勝手にチョイスした。

そして後年、病棟で点滴棒レースの開催を目論む！！

ことの始まりは、同室の中坊（中学生）が、はじめての入院でヘコみっ放し。点滴一つで、「イヤイヤ」とゴネゴネ。見かねた俺が、点滴はスケボーより強し！　と伝授する。二人で、廊下をスイスイ。

当時、入院してた診療科は、中高生も多かった。〝点滴棒でスイスイ〟は、一気に大流行！　必要ないのに点滴を希望する子供まで現る（笑）。あの中坊も病気なんか、〝そっちのけ〟。俺より速く、走ることに専心。で、レース。

結局、ドクター・ストップ？　で開催は幻におわったが、病棟のムードは一変、廊下はアメ村。逆境を逆手に取る、娯楽化思想の原点だった。

医学部を目指すと言ってた中学生の彼も、受病だったが、いま頃、俺より先に、すべてを超克して、いい医者になっているんだろうなあ。

映画鑑賞　二〇〇七年七月二四日一七時三七分

昨夜から、再び凄絶な副作用に見舞われる。

さらに悪化した、咳き込み、嘔吐、激痛で、のた打ち回る。もはや思考では制御できん。

吐き気止めと痛み止めを間隔（六時間）ギリギリに投与し続けるも、効くのは、二時間が関の山。間四時間は、焼殺！

効いている二時間に映画（浅い夢）を見た。

いま、吐き気も、咳き込みも、一旦落ち着き、文を紡ぐ。

今日予定されていた、抗がん剤は来週に延期。俺は、地獄の業火に焼かれようとも、実施を主張したが、ライフセーバー風の若手主治医が、俺のキャラ含みで的確なる励ましをしてくれたので納顔。その旨は、これは、敗戦にあらず、休戦。負けにつながる、放射線は、ホーキング博士の体でも、浴びてきた。

二日連続でダウンせぬ、ガンマン伝説。思考が限界なら、勝手な想像&創造力で、夢をみろ！　これを、中断にあらず、〝余暇〟(研究)とする！


スノッブな、おかしみ　二〇〇七年八月一〇日一時五五分

1．採血はドラキュラの匂い……採血の場面。
注射針による痛覚が、快感へ変わるときがある。今朝、その瞬間が訪れた。美女による採血は、快楽をもたらす。それは、ノスフェラトゥのエートス(習性)。
2．女神のケアは、ハープの音色……洗髪の場面。
まだシャワーもご法度やった術後間もないガンマン。

シャンプーをお願いしてたけど、みなさん、快く引き受けてくださって、感謝。しかし、そのなかで、ゴッドハンドに出会う！　執刀医に続く、女神のゴッドハンド。

細やかな指先が奏でるケアの体感は、まるで糸を梳く美化されたハープの響き。彼女のタッチは、町で髪だけ扱う仕事とは明らかに違う。壊れ物を扱うプロのタッチ。楽器を扱う奏者に近い。……再び、手先から溢れる繊細な音色、の如きケアが、隔靴掻痒の頭皮、その神経に心地よく響く。

彼女のケア後は、その日、床に就くまで、俺のアトピーが鳴りを潜める。他の病院で、絶対不可能と言われた、俺のオペを成功させた名医のゴッドハンドに続き、他の病院では、薬に頼るしかないと言われた、俺のアトピーを治めた女神のゴッドハンド。それは、ハープの音色。

放射線治療終了

ドーンと、焼いてみよう！　二〇〇七年八月一五日一九時六分

きのう、放射線浴、おわりました。

二度の阿鼻叫喚（副作用の劇症化）を引き起こし、喉が焼け野が原になりました。

あしたは、同じ焼きでも、大文字焼。京都の焼きは、奥が深い。俺の病室からは、〝法〟の字（妙法）が見える。アウトロー（out-law）の俺に、〝法〟。皮肉たっぷり、京の夏。

思い出すのは、やはり二〇年前。入院してた病棟は東向き、病室は大文字山、真正面！　漸次にしか出来ん形成手術で、入退院を繰り返していた俺は、点滴棒でスイスイ滑走するほど、元気やったので、一六日を楽しみにしていた。

聞くところによると、建物の高さ規制のある京都で、特区にあたる病院は、送り火観賞のベストポジションになり、当時の病棟には、見舞い客が殺到、一大観光スポットになる。

このエセ見舞い客の出現が、したたかな《民衆理性》とすれば、この客目当てのにわか商売が生まれるのも、したたかな《民衆理性》。で、近江商人の俺は、ベッドで〝屋台〟を考えた！　当然、病棟側は、この日、訪問者には、厳しいチェック。でも、入院患者は特権階級、既得権益で、関係あれへん。

で、なにをやるか。

当日は、訪問者の飲食物、持ち込み禁止と聞き、ビジネスチャンスを嗅ぎ取る。入院患者なら事前に、用意出来る。しかもなんと、当時の院内売店では、酒を売っていた！！　なぜか、缶チューハイと贈答用ウィスキーのみ。いま考えたらアウトロー（笑）。

で、ちょっとしたツマミと缶チューハイを揃える。患者用の冷蔵庫だけでは、足りん。俺は、早速、荷物を全部実家へ送り、代わりにクーラーボックスを三個、レンタル。冷やす氷は、処置室にある氷枕用のをパクる！　これをベッドに積んで、廊下を移動（笑）。売り歩く。点滴棒スイスイに続く、モバイル！　完璧。テキ屋の体。

ところが、大文字一週間前、退院宣告。帰り際、なぜか荷物がなく、クーラーボックス三個な俺、クール。果たせぬビッグビジネス。いまのプーチンなら逃すまい（？）。

二〇年後の今年こそ、リベンジ（笑）。みんな、〝法〟の名の下に、一儲けするアイディアない？今回は、個室。さっき、病棟スタッフのご協力で、〝法〟観覧シフトに、部屋を模様替えした！！

お店の設営、準備万端（笑）。

一六日（木）、午後六時、点火衝撃。入院娯楽化も、京ならではの、粋の域！！

人類で、一番難しい笑いを掘り当てる男　二〇〇七年八月二三日五時一八分

祝！　戦争終結！！　みんな、応援ありがとう！！！

抗がん剤も、もう、ええ（十分）って！

でも、相変わらず、痰絡みで寝苦しい夜。これからの最大課題、飲み込みのリハビリも一進一退もうやだ〜。

戦後処理（副作用の後遺症）、膠着状態にあるとき、爆笑は望めない。換わりに、微細な差異にも、敏感なスピリッツを持ち合わせるもの。ここは一つ、マニアックな笑いを探究せん。

たとえば、微笑みも、笑いの一つ。なら、思い出しても、微笑ましい。大文字送り火の三〇分間。多くの患者が、健常なる見物人と化し、ヴュー・ポイントを探して、病棟内を闊歩。借景ながら、病院がテーマパーク化し、送り火観覧という、娯楽化がもたらす治癒力の証左！　よい、よい。でも、これは（悠久がもたらす）〝神の見えざる手〟による、ようなもの。

では、こちらから仕掛けるのに、最も難しい笑いとは、なにか？　ご存知、失笑、苦笑も、笑いの一つ。しかし、恣意的に喚起するのは、非常に難しい。よって、出会い頭の偶発的な笑いに、失笑、

苦笑は多い。つまり、戦略的に、誘発するのは、匠のテクを要する。

俺、想う。情況を、失笑、苦笑にオトすのは、〝カーリング〟で最高点を得る手加減に近い。勢いがつき過ぎれば、爆笑に昇華衝撃。全くウケなければ、無、スベっただけ。

（注）カーリングとは、氷上で、ストーンを滑らせ、定位置に停める競技。お膳立てとして、競技におけるルールある緊張空間が、必要。

のど芸　二〇〇七年九月二日一時三一分

リハビリの先生が、夏休みなので、飲み込みレッスンは、自習になった。一人で、無味無臭のゼリーは、つまらん。と、俺は一閃！

好物の、ハーゲンダッツのアイスクリーム、「クリスピーサンド（キャラメル）」が、食えそうな気がしてきた！　早速、ローソンでゲッツ！！　試食開始。

おっ、ひと口目、死に体のはず、俺の味覚に、確かなるダッツ味！　これは、いけ……、ない失恋。気切口から溢れるダッツ。

でも、これ、ほっしゃんの一発芸、鼻からうどん、口からお帰り、やん（笑）。

口からダッツ、喉からお帰り。おもろなってきた。自虐やないよ、自己相対化（笑）。次は、祇園辻利の抹茶アイス。口から老舗、喉から緑液、はエグイ。禁じられた遊び。明日は、なにやろ？

言葉に気をつけろ!　二〇〇七年九月九日三時二六分

この病棟、俺にとっては階級なき世界観やったが、こだわりの言語学者は、ふと気になることを思い出した。(注:社会学芸人は、なんにでも化ける)。

それは、〝ギョーカイ用語〟。……含む、専門用語。TVの裏側では、これを説明なく使用することで、ギョーカイを世俗の高次に位置づける。

では、ここでは?

【嚥下】　患者は、〝えんげ〟という発音で聞く。飲み込むことだが、シャバでは日常、使わん。俺は、意地悪く、スタッフに漢字とその意味まで聞いて、一矢を報いた(笑)。

【カニューレ】　気切口に付ける弁。ブツを伴って、言われるとわかる。俺は、最初パスタの種類かと思た(笑)ので、そう尋ねたら、期せずしてボケが成立。ツッコミで、説明されてもうた。

【ST】　リハビリの先生のことを、みんな、STさんと呼んでるんで、たそがれ清兵衛はTS?　みたいな、愛称か思てたけど……最近、なんかちゃう思て、Googleで調べてみたら、「言語聴覚士」のことやった(笑)。と、例証してみたら、なんてことない顛末やけど、みんな、そやろか。コミュニケーションの授業、営んでる俺なら、なんでも尋ねる度量もあるけど!　同じ准教授でも、変こな哲学者やったら、プライドあって聞かれへんやろ。

患者とスタッフの間には、言葉の階級格差が、厳然としてあるんよ。ほんで、上記の例など、当初、スタッフの誰も、俺に説明せんと使われてたとこ見ると、無意識に、ギョーカイ人同様、差別化を図ってるような気もする（笑）。

〝主〟（ぬし）　二〇〇七年九月一四日二三時三一分

新たな看護学生が研究室（病室）を訪ねて来たので、今日こそ、トーク・マシンを暴走させず、濃い内容を話したい。前日の、会話で、最もヒットしたネタ、一点に絞り、解題する。その名は、「相部屋文化論」！

予想通り、学生は「患者が一番困っている事」を聞いてくるので、タイトルを告げる。それだけで、ヒット！

俺はいま、個室だが、はじめての入院は、二〇年前。同じ病棟の六人部屋だった。他のベッドに挨拶して回ると、見るからに、ふてぶてしい〝主〟（ぬし）みたいなおっさんに品定めされた。入院歴と病状を聞かれ、「はじめての入院で、左耳の形成手術を受ける」（当時）と答えると、途端に、態度、高圧化。……その後、ヤツの専制政治を受ける。

ここで、隣の音や光が気になるくらいの答えを予想していた学生は、チョイびっくり。音源も光源も、〝主〟が握っているからこそ、大迷惑なのだ。消灯後、いつまでテレビを見てようが、イヤホン外して音を鳴らしていようが、〝主〟の行動には、新参者が文句を言える空気ではない。

看護師に言ってくれれば、と学生は簡単に言うが、俺がチクッたと分かれば、〝主〟の報復が怖い。看護師は、二四時間守ってくれるわけではなく、二四時間一緒に暮らすのは、〝主〟なのである。

わかりやすく、教室における、いじめの風景を想像させた。では、看護師から頻繁に聞くようにしましょう、と無邪気に言うが、一人だけ、贔屓にされると、これまた立つ瀬がなく、〝主〟に睨まれる。結局、手術より、治療より、六人部屋における強権の所在が、最もストレスになって行った。患者には、音より光より、人間関係が最も気に病むポイントであることを告げる。

俺が、入退院を繰り返し、五回目くらいになって、はじめて、最初の挨拶で、〝主〟に一目置かれるようなプレゼンス（オ〜ラ）を発揮出来た。相部屋文化を乗り切る肝は、入院経験の多さと重病度！　がんは、最悪にして、最強のカードでもある。

この奇異な習俗は、外の世界の人間関係（階級）を逆転させている。開かれた社会では、長期入院や重病は、周囲が疎んじる。社会人なら、失業のリスクさえある。閉じた社会では、それが逆に、周囲に睨みを効かすステータス・シンボルと化す。

ここまで聞いて、看護学生、完全にカルチャー・ショック！　俺のレクチャーのタイトル、その意味を知る。先生にも先輩にも、聞いたことがなかったワケは、前述の通り。患者は、この問題を看護師には上げない。

この後、担当の現役看護師さんに、今日はなにを話したのかと聞かれたので、同じ話を、より詳しく説明すると、学生と同じリアクション（笑）。あなたも知らない、病棟アングラの世界でした。

善意は、お宝を招く　二〇〇七年九月二八日一五時五分

トイレから遠いとお嘆きの重症患者さんが、いらっしゃると聞き、近い俺は、部屋をチェンジすることに。ところが、環境変われば、ネットに繋がらん！　やっぱりえことしても、損するだけやん！　夜は夜で、頻尿の俺、寝惚けては、トイレに迷う！　帰りは帰りで、部屋間違えて、ドア、オープン！　んッ！　そこは、看護師さんの仮眠室！！　お宝映像、目の当たり！！！

翌朝、あれッ　何処やったんやろ。わかれへん。夢のなかの竜宮城？　夢現のなか、PCのワイヤレス？　のとこ弄（なぶ）ってたら、少々弱いシグナルやけど、なんかに接続！　奇跡！！　ん〜ん、まだ繋がったり、繋がらんかったりってとこが、夢やない！！！

ほんで、処置室で、昨夜のお宝、看護師さんと目が合わせられへん、シャイな俺。

（注）この話、ライフセーバー（若手主治医）大歓喜（笑）。

どっちにしても、重症さんに部屋譲れるくらいやから……。

今週より、口から、おかゆさん、いただき！！　進行したがん患者から、単なる病み上がりのおっさんへ降格（昇格）！！！

実は俺、入院即、おかゆ食にチェンジしてもろてた。せっかく、病院っちゅうテーマパークへ来たんやから、おかゆと、薄味のおかずでしょう。香港行ったら、点心と一緒！

でも、いままでのプリミティヴな流動食と栄養食は、ちょっと……。東南アジア行っても、虫は食わんやろ。

配膳！

おかゆさん、どころか、ムースにしたら、おかずも食えるぜ！　昼は、鶏すき、夜は、海老だんご！！　力をつけたら、リハビリで歌って来た、熱唱地獄、〝HERO〟再び！！！　昨日の昼は、牛丼！！　ほな、明日の昼は、王将のチャーハン、ペーストにしてくれ！！！

追　記

ただ、朝の味噌汁（液体）は苦悶。嚥下の先生、とろみ剤投入を主張されるも、俺、強引にそのまま飲んで、上島竜平、牛乳吹き出しの体（笑）。せやかて、液体飲めねば、気切口塞がんとライフセーバー（若手主治医）。今はムリしてでも飲んでけば、飯がガンガン食えるようになる頃には、楽に飲めるはず。

ほら、小学生ん時、あんなに〝九九〟憶えるの苦悶したのに、中坊で方程式やるような頃には、苦悶の過去など忘れて、空でスイスイ。これ、俺の〝九九算の論理〟。よって、いまは汁もん、無理してでも、そのまま飲む！

温度計が、落ちる　二〇〇七年一〇月二九日二一時五九分

先日、病室の壁に掛かる古い温度計が、オレンジ色のニクイやつに換えられた。しかし、看護師さん曰（嘆）く、新しい壁掛け温度計は、すぐ落ちるらしい。アカンやん（笑）縁起でもない。ナイーヴな患者さんは、窓から見える枯れ葉の散り際でも、勝手に最期を読み取ったりしてしまうもの。で、即興で答えた俺の解決策（処方箋）。

＜＜転回＞＞　！

落ちる＝最期。とは、深読みの沼。現代芸術の評価と同じ（笑）科学的な因果関係なきものなど、考え方ひとつで、変えられる。マスコミ論法〝風説の流布〟を駆使！

「温度計が落ちた部屋のひとから、退院してはるんよ」と、ふれ回れ！！

前述、勝手に最期読み患者を省みよ。病態は、ひとの幼児化を招く。子供騙しこそ、即効！只今一〇時消灯、月九の福山さん主演ドラマが終わりました。ガリレオに、ニーチェが勝るとき、それは、カリスマ理（医）系准教授には書けぬ処方箋を、スチャラカ文系准教授が切った瞬間（笑）。

今日のメニューは、リードボー！編　二〇〇七年一〇月三一日二一時二六分

喉に開いた気切口の肉芽を育む、なぞのスプレー、〝フィブラスト〟。噴霧すれば、気切口から喉元へ至る。影響が、胸腺まで及ぶことも、想像に難くない。胸焼けあり。気道を伝って、到達点は、タンの源泉、肺付近とも考えられる。

そして……〝フィブラスト〟の効果は明らかに、〝グルメ〟！

タンが、まったり、美味しく、香ばしい色（キケン！）になりました。

だいぶ前の日記で、放射線の影響下、大量に出る嫌～な感じのタンを、塩味の〝あんかけ〟に使おう！　と、ギャグってたけど、この度は、マジ。塩辛いだけちゃうねんて！　〝コク〟があんねんてえ！！

ライフセーバー（若手主治医）に言うても、因果関係が考えられんと、にべもない。セカンドオピニオン、当番の、顔文字みたいな顔！　の女医さんに言うても、ハイハイ。

きょう、担当看護師さんへの説明途上、誰も取り合ってくれへんなら、ラブリーな看護師さんと恋仲になり、ディープキスするしかない！　ってな極論まで出た（笑）。

言ってるうちにも、タンは、日を追うごとに、うまみが増し、濃厚なソースに仕上がってくる。もう、病院食は、温野菜だけで十分。

だって、お肉が発芽するかも。そしたら、メインは〝肉料理〟やん。シェフのおすすめは、ソースならぬ、タンに絡めて、〝リードボーの患者風〟。秘伝のソースタンは、吸引器のタンクに貯めてある。期間限定、店閉まいならぬ、穴閉まい。安く、お分けしまっせ！（笑）ゲロゲロちゃう！　ほんま、うまいねんてえうまい！

あなたは、闇の奥（病棟）の、ダーティーな〝事実〟の笑い（味）についてこれるか？（笑）

病棟マグナム　二〇〇七年一一月一四日一九時二分

ここなん日か、闇の奥で眼を凝らしていると、ベテラン（看護師）さんの振る舞いが眼に留まる。この前、新人さんがプロに進化されたのを、素晴らしきと記したが、今度は、なかなか言語の思考と似つかぬお二人を評してみる。

二人に共通する〝年輪〟は、たとえば深夜明けのお疲れが、アマチュアのヒステリック（米風）にあらず、老いたやつれ（和風）でもない、アンニュイ（欧風）……（笑）。

お一人は、その深夜明け、巡回途中の我が病室。寝起きで、意味もなく右往左往している俺の検温待ちで、部屋の壁に寄りかかり、不幸な生い立ちと仕事の意義を語りはじめられた。

というのも（笑）、寝ぼけた俺が、「なんでこの仕事を？」なんて聞いたら、真摯に答えてくださったので、スチャラカ返しもできず、……お話は、親、恋人、すべての関係が、いまの仕事に結びついているとも取れる。壁に背を預け、こんなに即座に、スタイリッシュに、〝吐露〟ってできるんや。

もう一人は、子連れ（笑）いや、少年患者が、共演。不安そうにまとわりつく少年を拒むでもなく、連れて巡回される姿は、映画『グロリア』を彷彿させて、フォトジェニック。いつものように、おバカな声を掛けがたい。見蕩（惚）れてしまえる。少年と彼女の構図が、網膜に焼（妬）きつくよう。

少年を紹介されたが、やっと出る我が声、「よう！」。

少年が退院の時、廊下で右往左往されてた手弱女（たおやめ）の〝動き〟が、素敵だった。俺は、丁度風呂上りに出くわし、のぼせて見てた。

ベテランお二人とも、その所作に、翳（かざ）す言葉が浮かばず、一瞬、トーク・マシンもまだまだかと自戒したが、いまは、必要ないと悟る。フォーカス当ててれば、いいんだろう。わたしは、カメラの寡黙さが、肌に合わなかったが、闇の奥も、長くいると、眼が熟（こな）れる。


「白い巨塔」体感ゲ〜ム！　二〇〇七年一一月二二日一時四七分

それは、教授回診の時からはじまる。患者のみが座れる椅子は、患者のみが得られる視点。視界に広がるドクターの群れが、胸騒ぎ（笑）。

これは、森達也監督が教団（オウム）の視点で撮った『A』が、ヒントになっている。信者カメラが捉えた報道陣の醜悪な姿は、従来の視聴者には見ることの出来ない画だった。

さて、患者席から眺めると、教授を中心にして、ドクター諸氏の立ち位置が、興味深い。説明要する主治医は別として、妙に教授に寄り添うひと、いつもいつも。教授の発言には、大きく頷き、顔向けられれば、更に大きく首が上下。ナイスリアクション！！　五〇点。

教授が所用で、准教授の回診になった時は、顔ぶれや立ち位置が大きく変わる。ひとは減り、表情だけでも、ナイスリアクションが、ない！！　准教授は、我が正統主治医、ゴッドハンドだけに、俺がマックスリアクション（笑）。ゴッドはノリよく、俺が！　なら、！で返す。あうん。

学部、院と、それぞれ講師、助教授を先物買い（指導教員に）した、先見性ある俺なら、ゴッドについてくけどなああ。ライフセーバー（若手主治医）正解！

関係ないけど、おととい名前をもじって「な〇ピー」って呼んだら、マジ固まったが、看護師さんに大ウケしたので、大満足（笑）。

で、ゴッドの凄さは、ゴッドに見えんとこよ。よ～ふらふらふらふら、病棟歩いてはるけど、私服やったら下流のおっさんやん。いっぺん、病室わからん見舞い客かと思て、「どうしました？」って声掛けたら、「オペ、中止になってもうた」とヘラヘラ言われて！　ゴッドやと気づいたことがある。

それが手術で豹変！　て思てたら、局所麻酔んとき……

「もう、縫っちゃおうよ。……ダメ？　ダメ？」

患者が俺やなかったら、暴れてるよ。

てな具合で、楽しめなくっちゃ、がんになる資格ナシ！！

一三日のクリスマス　二〇〇七年一二月一三日二〇時四〇分

きょう、入院以来、最良の〝意義〟あるアトラクションに出会う。

病棟でクリスマス会。

教会でバザー、に匹敵するキッチュなイベントと、ひと昔前なら蔑視してたところ。しかし、闇の奥で深海魚の眼を得た、もの読まぬ文学者には、異相のヴィジョンが見えた。

ライフセーバー（若手主治医）がトナカイになると聞き、楽しみにしてたが……

重症？　重篤？　な患者さんが続出したらしく、俺の個室の並び、は騒然。

会場の面会室へ向かう途中、開け放たれた重症患者さんの病室に凄惨な情景が覗える。

髪を振り乱した大看護師さんの眼がこちらを向いて、なにをか語る。

「わたし、またやつれてる？」←本当に、こう言ったから、本当に恐かった（笑）。

第二次大戦のレニングラード！？　野戦病院の臨場感を醸している通路、の反対側にある面会室が、クリスマス会場。楽ある生命力の拠り所。その前で、ツリーの被り物で待つ、仲良し看護師さんは、立派。一流社会学芸人から見ても、誠に正しいし、実にかわいかった。

メインイベントは、風船ひねって、なんかづくり。おっ、工作やん（笑）。しかも、くっつけんでええ！　ひねるだけ！　バレんようにマジになってもうた。できた！！　生まれてはじめて、図工で成功した！！　正確にできんかったとこが、躍動感あふれる作品になったと、いまでも自慢している（笑）。

半時間にも満たなかったが、難民キャンプを思わす、ひとときの安らぎを体感す。でも、善意の輪に入ると死ぬ俺には、正直キツかった（笑）。

部屋へ戻る道すがら、重症患者さんの病室前に置かれた厳めしい機具。このコントラストこそが、ホスピタルというテーマパークの〝超意義〟であり、真髄、極み。きっと地球上の紛争地域では、こんなモードが日常茶飯事でしょう。苦楽が同居してこそ、人類は生き延びてゆける。

そして、期せずして、おくりものもあった。重い患者さんに付きっ切りで、クリスマス会に参加できなかった嫌われセーバーから、「前田さんの処置だけは、何時になっても自分がやる」と伝言。善意を信じぬ悪意の権化へ、信頼のメッセージだった。

なんか『クリスマス・キャロル』にせよ、クリスマスって贖罪とか懺悔がよく似合う。

追　記：消灯前、すまなそうに、セーバー現る。

恋と痛覚　　二〇〇七年一二月二一日一九時一五分

きょう、さっき、気切口閉鎖も、最後の戦い。

縫合に際し、若手主治医曰く、ナイロンの糸は、シャープで使い勝手が良いが、放射線後の脆い皮膚から切り抜けてまう。シルク（なぜか綿）の糸は、無骨で縫い辛いらしいが、皮膚に馴染んで居付いてくれる。が、ムリからに縫い付けるから、痛い！

痛いといえば、前々回の縫合から、麻酔がヤメになった。

ゴッドハンド（正統主治医）の鶴の一声。

「痛いかもしれないし、痛くないかもしれない」。

なんじゃ、それ！

ライフセーバー（若手主治医）が、気使って、「痛かったら、手を挙げてください」。

……挙手！

ゴッド「ごめんなさい」。

……再び、挙手！！

ゴッド「ごめんなさい」。

それだけかい！！！

また、痛いといえば、二〇年前。耳介形成のオペ。

予防注射でも、こころで泣き叫んでた当時の俺が、痛覚を凌いだのは、恋がもたらす虚勢であった。

大好きになった看護師さんに、ぶざまな姿は見せられへん思て、術後、痛み止めを拒否！

「痛いとこないですか?」

「（これしき）まったく痛ない！」

勤務交代。

「痛い！　痛い！！　痛み止め、早く！！！」

「さっき、痛くないって聞いてますけど～」

十数回の修正手術。これを繰り返しているうちに、ホンマに痛みを感じんようになったんよ。

主治医降臨　二〇〇七年一二月二五日一四時五一分

忘れてた。きょうは回診日。

たったいま、教授やなく准教授のゴッドハンド（正統主治医）。

俺の気切口を指で押さえて、一拍。

「まあ、そのうちくっつくやろ。」

診察椅子から見えたドクター衆、皆さらさらさら～と笑顔に。

不安げやった若手主治医にも笑み。

威光？

根拠なく、俺も楽になる！

衝撃の発言　二〇〇七年一二月二七日一九時一二分

「放射線の後に、気切口を閉じた患者さんは……憶えが無いなあ」（偉い看護師さん）。

前には、戻れまい！

年が明けたら、心身ともに『超人』となるしか、道はない。

いつかしら書いたが、思考を先行させて、身体を追いつかせる！！

みなさんは、よいお年を！！

恋とがん――キューブラー・ロスの心理学をめぐって――　二〇〇八年一月六日二二時二二分

最近、ライフセーバー（若手主治医）が、社会学芸人の俺を捉まえて、ちょいアカ（デミズム）な話題をふってくる。

がん告知に対する患者の心理。

先生は、キューブラー・ロスなる学者の説に則り、がん患者に接して来たという。ところが、俺がまったく当てはまらないのが、ネタふりのモチ（ベーション）らしい。検索したら、ロスなるおっさんは、〝死〟の心理が専門らしいし、ライフセーバーもきわどい球、投げて来よんなあ（笑）。

人間、誰しも、がんを告知されたら、五段階の心理的な葛藤を経る、というのが金科玉条やって。

頭のなかが真っ白に……そして、否定↓怒り↓取引↓抑鬱↓受容。

先生から見ると、俺は、告知、即受容（笑）。

告知前日まで、講義でトーク・マシン全開やってんから。喉に断末魔はないやろうと……否定はあったよ。誰にも見せんかったけど。

いや、大手術の直前に、一人だけ聞いてもらったひとはいた。彼女のおかげで、否定の思いを先生にぶちまけずに済んだ。いまでも取り返しがつかないほど感謝している。

がん告知に関しては、不適合やったが、ロスの五段階説、なんか思い当たる節があった。とくに、〝頭のなかが真っ白に〟そう、失恋。

詳述すると格好悪いんで、流しますが、俺は……フラれても、否認して往生際が悪いし、勝手に怒ったりもする。おやすいひとと取引もしかねないし、夜は抑鬱の嵐。受容まで七転八倒よ。友人の何人かは、とばっちりを食らっていよう（笑）。

先生は、そんな、女くらいで、と言わんばかり。

よく聞けば、彼は、仕事のためなら、女は切る、という。若い野心家を絵に描いたよう。使える男。俺と真逆。

でも、俺は想う。

がんは、考えても、（細胞までは）及ばんやん。プロに任す！

恋は、人間関係やから、考えて行（言）動すれば、変えられる（かもしれん）やん。……変えられたことないけど（泣）。

俺は、いまも素敵な女性にフラれ続けているので、がんなど笑止。

男が男を誉めるとき　二〇〇八年一月七日二〇時二一分

前の日記に続けて読んで欲しい。登場人物は同じ二人だから。
きょう、喉に開いてる気切口を閉じる、最終手段、〝巾着縫い〟が施された。痛そうで、難しそう！！

ライフセーバー（若手主治医）「気切口に、この縫い方は試したことないだろうなあ。冒険やなあ。」
元々、放射線後に閉じることないねんから、しゃあないやんけえ。……ん、逡巡すんなやあああ。

もの読まぬ文学者（俺）「先生って、レイモンド・チャンドラーの小説に出てくる探偵、フィリップ・マーロウのイメージっすよねえ」。

セーバー「ん？　どんなひと？」
俺「男は強くなければ生きてはいけない」。
セーバー「よしっ、やろう！」（笑）
俺「だが、優しくなければ生きていく資格がない」。
セーバー「麻酔しよう！」　きょう、午前一〇時、実話です。

新春ビッグ会談　二〇〇八年一月二九日一六時三一分

キャンパスを去った最後の握手から、九カ月。

キャンパスのグレートマザー、〝ママ〟（愛ある教授）と再会。

早速、仕事の話。鶴橋近くの十字軍（大阪のとある病院）に移ったゴッドハンド（正統主治医）の外来日にあわせて、担当授業をブッキングするなど、学部長へ掛け合ってくださるとのこと。裸になるなど、新ネタは戒められ、授業は、志半ばに頓挫した二〇〇七年度のシラバス（講義要項）を、そのままデータ読込することで合意。昨年四月のステージ（教壇）へタイムスリップする。ゼロから出直せってことです。

帝国軍（京大病院）にゴッドハンド不在で、心配な〝ママ〟（著者が勤める大学における上司の教授）。

ママ「若手主治医だけで、大丈夫なん？」

俺「上の言うこと関係なく、教科書外の処置してくれはるんで、難治療に期待大！　自分の若い頃に、そっくりっす」。

ママ「アンタ、今でもそうやん！」（怒）

ほら〜、〝ママ〟もツッコミできる女性学芸人やん！！　でも、お見舞いの品が、米朝のＣＤなのは、なぜ？

大阪〝肉〟の陣（予告編）　二〇〇八年二月七日二三時二七分

この日記は、俺にとっちゃあ直情のメディア。こんなに腸（はらわた）晒したことない。……生と死のはざまでも楽しんでたのに、ほんのちっちゃな喉の穴がくっつくメド無く、ド欝！　周囲にも見え隠れ。クソッ、俺の思想信条に反する。

この数カ月で、病棟の女神マリアさんは、すっかり立派になられたのに、俺は、いまも、野球盤で戯れたがってるおこちゃま。大手術直後の方が、よっぽど大人びていた。

くっつかないのは、小学校の図工で、みんな同じ接着剤で、同じ物くっつけても、俺だけくっつかないのを思い出す。

君は心身ともにアナーキーでいられるか　二〇〇八年二月一二日一九時三分

ライフセーバー（若手主治医）から、万策尽きたので、アナーキー（穴開き）なまま生きよ！　と言われる。このまま退院。皮膚が放射線の影響から完全に回復してから、大阪に移ったゴッドハンド（正統主治医）の手で縫合。いつ頃？　てことは、アナーキーなまま四月から登壇！？

ショック！！　大ショック！！！

敗走兵の体で病室の戻ると、早速、頼まれてた看護実習生のお相手。……燻し銀の師長さん、なんらかのご配慮。

よからぬ事を想像せんでもなかったが、学生！　を目の前にしたら、ナチュラル・ボーン・ティーチャー。

「獣医の実習に例えるなら、ワンちゃんやネコちゃんを扱わなければ、勉強にならない。私のようなワシントン条約に違反した患者を相手にしても役には立たんよ。」と、前振り。と！

「私もワシントン条約違反の看護学生。二九歳、介護師経験三年です」。

闇の奥始末記　二〇〇八年二月一八日一時〇〇分

〝闇の奥〟とは、ジョセフ・コンラッドの小説。

聞くところによると（笑）無垢な地に赴いた思索家？　が、民心を絡め取り、理想の帝国を築かんとする寓話。

しかし！　わが日記の肝！

病院はテーマパークで、すべての治療はアトラクション！！　と捉える〝楽観〟は伝授した。そして、この実習生には、高校時代から俺の鉄板ネタ、〝〇がん、やります！〟、〝子〇がん、やります！〟というがん患者のモノマネが、大いにウケた。

自虐じゃないんよ、自賛！　このスピリッツも伝授（笑）。

そして、わたしも、いよいよ、明日！　闇の奥を出て、陽のあたる場所へ帰る。

思い返せば、……ここには、嫌いなひとが、一人も居なかった！　不思議な時空（わたしを嫌いなひとは、幾人も居ただろうが）。陽のあたる場所では、考えられない。

そして、この俺に、〝生〟と〝善〟も、悪くないなあ（笑）と思わせ、触れさせてくれた。

……人生最高の感謝に、言葉を出したくもならない。最高に好きな女に出会ったとき、愛してるって言えなくなる瞬間と同じ。即ち、いままでに使ったことある言葉では、礼を尽くせぬ、礼を欠く。だから、多分、わたしは変な顔一つで去ってゆく。

我に返ると、ナースも、ドクターも、スタッフみんなが、クラスメートみたいで、転校する気分。

日記を書くという失われぬアナザーワールドへ誘（いざな）ってくれた、マリアさんに感謝！

さて、野に放たれる。にあたって所信表明。逆境とは逆手に取るために、目の前に立ちはだかるもの。ガンマン改め、気切口は閉じずとも、心身ともに、アナキストとして、俺は、しみったれた障害者像を変えてやる！！　どんな歪んだ身体も、スタイリッシュに演出できることを実践してみせよう。

まずは、ほっしゃんのうどん芸を超える為、手動の携帯吸引器を入手。モバイル、モバイル（笑）これを、喉に！　パイプか、煙管か、ちょいワル（障）がい者を気取ってやる！！

退院しま～す　　二〇〇八年二月一九日一三時八分
本日、喉に、穴が開いたまま……俺は、世に放たれた！

結論を言うと、京都大学附属病院を退院後、最終的には、主治医が転勤された大阪赤十字病院の外来で、喉の開いた気切口を閉じてもらう。

その時、著者は、ゴッドハンド（正統主治医）へ、「京大病院に残されたスタッフ総力を挙げて頂いても、誰も、縫合しきれませんでした。」と告げれば、彼の天才心を擽（くすぐ）り、誰も出来ない手術を成功させてくれると信じていた。

いよいよ大阪侵攻　二〇〇八年二月二六日一時〇〇分

雪中、家を出て、大阪駅までの足取りは重かったけど、環状線に乗ったら、一気に臨戦モード！

このまま教室行って、授業やったろかいな、いや、研究室行って、野球盤やったろうかなの勢い！！

しかしメインは、大阪十字軍に移ったゴッドハンド（正統主治医）との再会、ウキウキワクワク。

俺の予想ではその場で縫う。そして場合によっては、立ち縫い（笑）。

ゴッドハンドは、相変わらず蕎麦屋のおっさんみたい。そして、予想通り、顔に布を被されて、即オペ（喉の縫合）。

スポン！

ゴッド「あっ、抜けちゃった！」

ナース「先生、壊さないでください！！」

見えへんけど、何が抜けたんや！　患者が俺やなかったら、暴れてるよ。なんか、器具がないらしい。

ゴッド「脳外科が手放さないなら、盗んでくるね」

ナース「やめてください。わたしがちゃんと借りてきますから！」

あっ、この「やめてください。わたしがやりますから」への話の持って行き方、俺といっしょ(笑)いや、それより、脳外科の器具て、なんやねん！！！

やっと終わって、薬の処方。帝国軍からの引継ぎだけなのに……ゴッド、一覧表見て、「ナニ、これ？」って、一つも判らず俺に聞き、わからんもんは、さらに薬の本でもよう見つけん(笑)。

「じゃあ、やめ！」

んんん！？

このインチキ感が、たまらん。

九日後、完封！　二〇〇八年三月五日一三時四七分

ゴッドハンド、恐るべし。帝国軍（京大病院）の若き医師が、五度、六度と失敗していた縫合術を、スチャラカなオペ一閃で、成功させた！

本日、ガーゼ開陳。気切口完封！！

後日、お世話になった京大病院の病棟へ、挨拶に行った時。大阪の病院に移籍されたA先生によって、誰にも出来なかった、気切口の縫合が成功したことを告げると、処置室におられた、すべての医師が、飛んで来て、わたしの傷口に見入った。

そして口々に、「こ、これは……どうやって、縫合されたんやろ？？？」

天才は、探し出し、追いかけ、調子に乗らせて、使うのが、プロ患者のサバイバル術です（笑）。

以上をもって、ステージ4に近いと診断された下咽頭がんを抱え、ほぼ一年に亘る治療・入院生活と、それでも閉じぬ喉の穴、気切口を塞いだ実話、奇異な日記を終わります。

がん患者になることが、運命であるのなら、なんとしても、その非日常を、祝祭的に楽しみたい！

その一念で臨んだ、超病体験。

その手記を読み返してみると、臨床社会学者ならではのナルシシスティックな嫌味、特異な文体が、散りばめられていることに辟易と致します。しかし、これこそが、真に苦難の跡であったとも、再認識しました。

ナチュラル・キラー細胞を生み出し、病を超えるには、まず〝自己愛〟からはじまる。このドキュメントの奥に潜むテーマを、そう読み取って頂ければ、本望です。

参考文献

Kübler-Ross, E., 1969, *On Death and Dying*（鈴木晶訳『死ぬ瞬間——死とその過程について』中央文庫、二〇〇一）.

前田　益尚（まえだ　ますなお）
一九六四年生まれ、滋賀県出身
法政大学社会学部卒業
成城大学大学院文学研究科博士後期課程修了
社会学博士（米国アダム・スミス大学）
現在、近畿大学文芸学部准教授（メディア論）

二〇〇七年　下咽頭がんと診断され、声帯を残した病巣の摘出手術、抗がん剤投与、放射線治療など、約一年間の入院生活を経て、キャンパスに復帰。
現在、後遺症に苦しみながらも、大学生たちへ「超病論」を伝える、楽観主義的な教育に生きがいを見出している。

第五章　チューリップが咲くまで

社会保険労務士、産業カウンセラー　中島敬泰
舌がん、ウイルス動脈輪閉塞症（もやもや病）

最初に

平成一六年八月、健康診断で見つかった舌がんとウイルス動脈輪閉塞症（もやもや病）、五九歳の時でした。

がんと宣告されて約二週間後の手術、ほっとする間も無く、約四カ月後に開頭しての動脈輪閉塞症の手術。退院後は舌がんの再発、転移の不安、頭の方は、入院中に起こった言語障害や右半身のしびれ（脳梗塞による）等のトラウマによる精神的不安等々、ずいぶん悩まされました。自身の心配、不安は別として家内も僕以上に心配、不安を抱えての看病であったと思います。命に限りがあることを身をもって知りました。この二つの病が、僕の人生のある二つの部分を少しだけ変えることになりました。

一つ目は、家内との関係です。普通の夫婦では当たり前だと思いますが、僕の心配、不安を共有してくれたことと、今まで気づかなかった家内の優しさを十分に知ったことで、家内には今まで以上に優しくしたい、優しく側にいたいと思うようになったのです。

二つ目は、がんになり、僕と同じように悩み苦しみ、不安に思っている人たちと一緒に話し合う会を持とう、つらくてつらくて鬱積した悲しい感情を会のなかで吐き出してもらおう、そのことでつらい感情から少しは開放されるであろう、そんな思いでがん患者の会を発足させました。この会を通して僕自身もつらい不安なことから少しずつ開放されていったことはまちがいありません。平成二四年三月で六二回を迎えます。この様に今までの生き方を変えることができたのは、共に生きる社会の構築を目指すYMCAの環境下で育ち、支えられて生きていることを感じているからこそだと思います。いつか病気のことについて、生き方の変化について書き残しておきたいと思っていました。ちょうどこのような機会を与えていただいたことは、神様からのご褒美と思い、ねじりはちまきをして毎夜毎夜パソコンに向かったのが、この原稿です。

健康診断

平成一六年八月頃、年一回の職員健康診断の打合せの際、職員の一人が「先生（職業上、事務所では僕のことを先生と呼ぶ）は健康診断をしないんですか」と聞かれ「僕はいいよ、どこも悪くないし、自覚症状も無いから」。「私たちは毎年健康診断を受けていますけど、先生はいつ受けられたのですか」。「そうね、一〇年程前に一泊二日の人間ドッグに入ったけど」「だったら先生が一番に受けないと。今すぐに健康診断の予約をして」と言われ、しぶしぶ予約を入れました。

一九日、院長直々の出迎えを受け、二日間の検査予定の説明を受け、一〇年ぶりの人間ドッグ検査の始まりとなりました。どのような検査を受けたのか忘れてしまいましたが、院長が病室を出られる時、「院長すいません、舌の奥に小豆大のホクロのようなものがあるんですけど」と言うと、院長は僕の舌を見て、「では最後の検査に耳鼻咽喉科の診察を組みます」とのことでした。

検査で一番大変であったのは、大腸の内視鏡検査。昨日からの絶食と検査用下剤を二リットル前後飲みます。その後、何度も排便し、便のカスが残っていない状態になるまでがんばります。最後に看護師の方に便を見てもらいOKサインが出て初めて検査の開始となります。自分の便を観てもらうこと、また、肛門から内視鏡カメラを挿入されることは恥ずかしいかぎりです。でもそんな恥ずかしさもカメラが挿入されるにつれて痛みに変わりました。看護師の方が腹部を思い切り押さえ足をくの字に曲げます。それは堪えられない痛みでした。

そんな検査のあと、ようやく最後に舌の検査となりました。「ちくっとしますけど舌の組織を少しとりますね。検査に回しておきますから来週結果を聞きに来てください」と看護師に言われ、ようやく検査が終わりました。病院玄関横の喫煙場所で「ふぅー」っと一服。何か大きな仕事をやり終え、達成感に満ちた感じがして美味しいタバコでした。

病室に戻りぼーとテレビを観ていると、院長室へ呼ばれました。「中島さん、えらいものが見つかりましたよ。この脳の写真を見てください。この左の血管と右の血管の色が違うでしょ。これは血管が詰まっている証拠なんです。手がしびれるとか、言葉がもつれるとか、無かったですか」。「いいえまったくありません」。「そうですか。脳梗塞を起こす危険な状態です。精密検査をしますので来週来てください。それに先ほど舌の組織をとりましたよね。その検査結果もその時、わかっていると思いますから」。

何となく不安を感じながら病院を出ました。「左の血管が詰まっているんだって。来週精密検査をすることになったよ」。「あーそう、やっぱりちょっとでも異常と思うことがあったらすぐに病院に行かないとだめね」。家内とこんなことを話しながら、検査の疲れを家内特製のお好み焼きで癒しました。

一週間後、決められた時間に行くと、院長が玄関に出迎えていました。親切な院長だなと思っていると、「中島さん、すぐに耳鼻咽喉科へ行ってください。脳の検査は後でいいですから」。「えー何かあったのかなァーと」気軽に耳鼻咽喉科へ。先生の前に座り「何かありましたか」。「ええ……この病院で治療する設備がありません。紹介状を書きますからすぐに設備のある病院に行ってください」。「先生、僕、がんですか」。「えーそのようなものです」。

きっと動転していたのでしょう。そのまま家に帰ったのか、事務所に行ったのかまったく記憶にありません。その後院長からの連絡で、「脳に危険を秘めていますが、とりあえずがんの治療を優先してください。病院が決まれば紹介状を書きますから」と言われました。二日後、事務所の職員が一冊の本をくれました。その本は、がんに対する各病院の治療実績と五年の生存率が書かれたものでした。

宣　告

職員がくれた本を参考にした結果、平成一六年八月三一日、京大病院に行くことにしました。病院に行く朝、ひょっとしたら診断が間違っていたのではないか、がんであってもきっと初期のものだ、とかってに解釈。動転し、記憶をなくしたあの悲壮感は無く、「大丈夫です」という先生の言葉を期待していました。

耳鼻咽喉科の受付で、診察の順番を待っている間、多くの患者さんを眺めました。喉の部分、あるいは頬から顎にかけて包帯をしている人、そんな人を見るにつけて、「ひょっとしたらああいう包帯をすることになるのか」と急に不安になってきました。診察室では、既に紹介状を見ておられたのか、開口一番、「がんの組織をいじっていますのでできるだけ早く手術をする必要があります。麻酔科との関係で九月一五日、午後二時に入院の準備をして来てください。入院の手続きや手術の準備のため、一度来ていただくことになりますが」。ここで二度目のがん宣告。「やっぱり」という感じ。あまりにもあっさりと宣告されたせいであろうか、以前みたいに動転することなく、がん宣告を受け入れました。

術前、こころの雪崩

目に見えないがんへの恐怖と手術への不安を感じ始め、百貨店で入院グッズの買い物をしました。家内が時間をかけて一つ一つの商品を選び、買い物疲れも感じて二人でお茶をしました。こころの底で不安を持ちつつもすっかり忘れて、買い物の楽しさや家内の優しさや温かさに触れ、幸せを感じました。手術が近づくにつれて、「がん＝死」、「僕の人生はこれで終わりだ」、「残された彼女はどうなるのか」等々、さまざまな思いが頭をよぎりました。家内から病気のことを聞かれた時、不安で不安で、はち切れそうな気持ちを抑えつつ、「なってしもたもん仕方がない」と強がりを言ったものです。

ある時、この不安が爆発してしまいました。家内と病気や入院のことを話し合っている最中、張り詰めていたものが突然雪崩のように崩れ、彼女の膝で大粒の涙を流してしまいました。家内も家内なりの、いや僕以上の不安を抱えていたのでしょうか。その時二人で号泣したことを思い出します。この時、がん宣告を正面から受け止め、がんと共存していく決心ができたのだと思います。

と言ってもがん、手術に対する不安は消えるわけでもなく、この不安に対する付き合いが続くことになります。

事務所の行き帰り

犬と散歩する人、ジョギングしている人、バス停でバスを待つ人、バスを待つ園児とお母さん。いつも眺めるいつもの当たり前の風景。しかし、がん宣告を受けて以来、この当たり前の風景がガーゼをかぶせたように、霞がかかっているようにぼんやりとして見えます。いつも会う人といつものように会釈をしますが、今日の僕は昨日の僕とは違う人。この日常が当たり前の人たちと、当たり前であった日常が当たり前でなくなり、すべての世界が灰色に見える自分がそこにいました。よくよく考えてみれば「僕一人なんだ」、こんなことを思いながら運転をしていると涙が止めどなく流れてきます。いったん家を出ると悲しいことも、つらいこともなにもなかったように振る舞い、灰色の長い一日の終わりをこころ待ちにするようになりました。

両親の墓前で

「手術の前にお墓に行っておこう」という家内の一言で山科にあるお墓に行きました。ろうそくとお線香を立て、家内は一足早く祈りをすませ、「あとはあなた一人でお父さんとお母さんにお願いをしー」と言い残して駐車場に戻っていきました。こんなことは初めてです。家内の気づかいでした。お墓の前で世界を灰色に覆う心配と不安をなんとかしてしてほしい、生かしてほしい、と両親に訴え、涙しました。

両親の前で僕一人にしてくれた彼女の心づかいに今でも感謝しています。

二人の写真

入院の数日前、家内が写真を撮りに行こうと言いだしました。きっと万が一のことがあったら、という心配からだったのでしょう。そのように思えたからこそ「どうして?」と聞き返すことはしませんでした。「ああ、いいよ」と言って京都ホテルオークラで写真を撮りました。

二年程してからこの時のことを彼女に聞いたら、実は万が一の事とか、手術の結果、顔が変わってしまうのではないか、だったら今のうちに二人の写真を撮っておきたいと思ったとの事でした。手術の方法等は説明されなかったため、彼女がそう思ったのは当然のことと思います。その当時、言葉に出さない、出せない精神的不安でとってもつらい思いをしていたのだな、と想像します。

入院初日（平成一六年九月一五日）

家を出るとき、レモン（わが家の愛猫）に「僕の手術がうまくいきますように神様にお祈りしててよ。しばらく会えないけど、早く元気になれるよう神様にお願いしていてよ」と言い残し、京大病院外来病棟四階の手術室に向かいました。看護師さんの指示で結婚指輪を外すように、と言われましたが、なかなか外れませんでした。結婚した時からは約一〇キロ以上太っているので当然のことです。

看護師さんは「もし外れなかったら指輪を切断しますよ」と言いながら、ヌルーとした液体を塗り、指全体を引っ張り、しわを伸ばし細くしてようやく外れました。ふと、「指輪が外れるごとく命は外れないように」と思ってしまいました。

手術に対する不安を払拭するためのこころ構えみたいなものは、この指輪の件でどこかに飛んでしまいました。カルテによると九月一五日一五時一八分手術開始、一六時一七分終了、僅か五九分間の手術でした。ある程度麻酔が覚めるまで約一時間別室に居たと思います。その後七階の病室に移り、入院生活の始まりとなりました。

その日の晩、看護師から「ちょっとは出血しますけど、血液を飲まないで吐き出すようにしてください」と言われたので一晩中、ティシュを使って口のなかの血液を吸い取りました。家内や兄夫婦がいつ帰ったのかもまったく記憶がありません。真夜中、少しずつ頭痛が増してくる、もうろうとしているが痛みだけははっきりと感じ、看護師さんを呼んで痛み止めの座薬を入れてもらいました。恥ずかしいという感じはまったくなく、「アー、僕は入院患者なんだなァー」と思いました。

入院初日のカルテの記録

がんの大きさ二一、五二センチメートル、リンパ節の転移なしで病期（ステージ）Ⅱ判断（T2

NxMx）。

全身麻酔下、ホワイトヘッド開口器を用いて、口を大きく開いた。続いて、弁尖部に一号絹糸をかけ舌を前方に引き出し、舌背の右側背部にある腫瘍を明視下においた。腫瘍は径二、五センチメートル程の凹部で、周囲との境界はやや不明瞭であった。切除範囲として腫瘍から一センチメートルを安全域として、レーザーを用いて腫瘍切除。残存側の舌背側断端、舌根側断端を術中迅速病理診断に提出、悪性所見なき事を確認。断端粘膜を、三—〇vycrylを用いて縫合。

胃管を挿入して手術終了。（帰室時）出血のないことを確認。経過良好。出血少量。

入院中の記録（平成一六年九月一六日以降）

舌が腫れて口中舌だらけの感じを持ったまま新人入院患者として朝を迎えました。看護師の方から話しかけられても話すことはできず、答えは身振り手振りだけ。舌からの出血はほぼ治まり、微熱と頭痛、でも舌をちょん切ったことを思えば「ドンマイ、ドンマイ」。手術する前のあのすべてが灰色に見えた世界が明るく見えはじめました。手術によってすべての問題が解決し、あとは体の回復を待つだけで、快適な入院生活が送れるだろうと思ったし、実際快適な二〇日間でした。

以前からお願いをしていた個室が空いたので二日目のお昼からそちらに移り、人目を気にしなければならないような窮屈感から解放されました。検温、血圧の測定、薬の投与、口内の保清、点滴、各種の検査等々、適当に忙しく、疲れたら居眠りをし、テレビを見たりして、退屈することなく過ごしました。病気については、仕事の得意先や友達にも一切知らせていなかったので、すべて携帯電話で事足りました。

カルテによると入院中のつらかったこと、嬉しかったこと等についても、実に細かく記録されていました。たとえば、胃カメラ検査で気分が悪くなったこと、梅干しを食べたがしみなかったことなど、看護師さんに何となく話したことが、情報としてカルテに記録されていました。おかげで他の看護師さんに伝わり、「胃カメラつらかったんですね」とか「梅干しを食べられてよかったですね」と話しかけていただきました。このことによって看護師さんたちが僕の感情に共感し、側に寄り添い、大事にしていただいている感じがしました。

体力の回復も順調で、各検査も異常なしとの判断で一〇月四日に退院。この時の主治医は、がんに関する本のコピーをくれました。このコピーによると一番知りたい病期（ステージ）はⅡ、五年の生存率は八〇パーセント前後と解りました。統計上一〇人の患者さんの内、八人は生き二人は確実に死ぬ、僕にしてみれば、八対二ではなく、生きるか死ぬか、五分五分であると感じました。そのように思うと明日の退院も決して嬉しいものではなく、病院という完全に保護された安全地帯から、五分五分の生死を賭けた危険地帯に出ることは少々の不安を伴ってのことでした。

退院後の食事

事務所職員が入院中に一冊の本をくれました。それはある医者が食事でがんを克服した記録でした。これを参考に家内なりに工夫して、退院後の食卓を飾ってくれました。まずニンジンジュース、有機栽培したニンジン約五〇〇グラムとリンゴ一個をジュースにして毎日飲みます。食事は薄味（減塩）で野菜中心、高タンパク、高脂肪及び添加物の多い食品は避けます。減塩にした自家製豆乳と自家製のパン。大まかに言えばこのようなことですが、すべて家内お任せのため僕はありがたく感謝をして頂くだけです。たとえば夕食の前には必ずニンジンジュースを飲むのですが、ジュースにするまでの作業が結構面倒（家内が留守の場合、僕がするのでわかる）です。お肉は豚肉を使うが、豚肉の白い脂肪の部分を取り除いたり、お塩で加工したもの（干し魚）は避け必ず生魚、お揚げを使う時は、一度熱湯に通した後に使います。また家内が出かけるときは必ず夕食の準備をしてから出かけるなど、食事に関して相当な負担をかけました。休日に遊びに行くときにもお弁当を用意してくれるし、どうしても外食をしなければならない場合は、行儀が悪いのですが僕の体に悪いものは残しました。この様な食事療法は、必ずがんに効くとは思いませんが、効くと信じて食すこと、家内の献身的な愛情に感謝して頂くことで、僕流に精神的免疫効果を上げると思っています。七年六カ月経った現在、元気で居られるのは家内の愛情と、愛情をふりかけた料理のおかげです。でもふと思う、焼き肉、お漬け物、ラーメン……食べたーい！

病院のホットケーキ

退院してから減塩、高脂肪、高たんぱく質及び添加物の排除、ニンジンジュース、自家製豆乳、自家製パンなどの食事療法をしています。いつも家内が作ってくれる食事にまったく不満はないし、いつも感謝していただいています。ところで僕の大好物は蟹で、世界で一番の美味しい食べ物と思っています。先日（平成二四年二月）、誕生日に職員がタッグ付きの大きな蟹をプレゼントしてくれました。実に美味しい、世界一の美味しい食べ物でした。人生最後の晩餐はもちろん蟹と決めています。

次に好きな食べ物はシホンケーキとホットケーキです。一カ月に一回（後に二カ月、三カ月、現在は六カ月に一回）再発、転移の診察のため、京大病院に行きます。万が一（再発、転移）のことを想像し、いつも診察室の前では異常な程緊張して待っています。診察室に入り、先生の「大丈夫ですよ」の一声で、全身をきつく縛った糸がほどけたようにだらーと気が緩みます。

その後家内に秘密にしている、とっておきの楽しいこと、病院食堂でのコーヒーとホットケーキをいただく秘め事が待っています。術後三年間程は、コーヒーもホットケーキ（洋菓子全部）も家内により制限されていました。緊張から開放されたことと、毎日の薄味（減塩）の食事にちょっとだけ抵抗したくて、病院に通うごほうびとしていただきます。本当は病院食堂のコーヒーもホットケーキも決しておいしいとは言えず、とは言え喫茶店へ行くことにも抵抗があり、「今日は診察日だから大目に見て」と家内にこころのなかでおゆるしを乞い、秘め事を自分で許し、家内から許される（つもり）日なのです。現在は、コーヒーもケーキも普通に頂いて秘め事にはなっていませんが、六カ月に一回の舌がんの、三カ月に一回のもやもや病の診察の際は、必ず病院食堂で入院生活のいろいろなことを思い出しながら頂くことにしています。

診察日

退院直後は一カ月に一回（後に二カ月、三カ月、現在は六カ月に一回）診察に通いました。診察室の前で待っている時は、万が一のことを考えかなり緊張しました。先生から、「お変りはありませんか」、「舌を出してください」、いつものように話しかけられ、口をいっぱい開けて舌を突き出します。喉の両側のリンパ節を見るときも一緒で、舌を触れながら、またリンパ節を触りながら、「ウーン？ ウン、ウン、ウーン？」とご自分で納得する言葉を出されます。先生から「ウン、ウン」と言われると安心しますが、語尾が長く尻上がりの「ウーン？」はどこかに異常があるのだろうかと、ドキーとします。もう少しこちらの身を考えてと言いたくなります。

診察後は家内に異常なしと言われたと報告。そうして秘密の慣例となったいつもの食堂へ。

チューリップが咲くまで

「さいた、さいた、チューリップの花が、並んだ、並んだ、赤白黄色、どの花見てもきれいだね」。幼いときの思い出は、チューリップに象徴されます。幼稚園で初めて教えてもらった、優しい伊藤先生から教えてもらった歌、それにあわせて手と手を合わせてチューリップの形を作り踊ったのも、初めてクレヨンで絵を描いたのもチューリップ。遠足でチューリップをプリントした服を着せてもらって嬉しかったことも、チューリップと幼稚園での思い出が合体して、幼い時代の精神的に豊かな特別なものとして記憶に残っています。今でも百球ほどのチューリップをベランダや、家の周りに植えています。

退院後、毎年恒例のチューリップを植える日が近づいて来ました。朝から球根を買い、いざ作業に取りかかるが、何となく前に進まない、球根をいじりながら涙が出てくる、見ていた家内は、「きっときっと可愛いチューリップを見ることが出来るって、敬ちゃんの大好きな可愛いチューリップが咲くまで頑張ろう」って言ってくれました。

号泣しました。

死が目の前に見えるはち切れそうな不安や悲しさを察して言ってくれた家内の優しい言葉を思い出します。恥ずかしいけど涙を流すことは、つらいこと、悲しいこと、不安なことも涙と一緒に流してくれることだと思います。

記憶のないお正月、記憶のあるお正月

健康診断で同時に見つかった舌がんとウイルス動脈輪閉塞症（もやもや病）。危険度の関係で舌がんの治療を優先して、翌月の九月一五日手術、一〇月四日退院、入院中に、もやもや病の検査を受け、翌年の二月一日入院、三日の手術と決まりました。

もやもや病とは、脳の動脈が自然に細くなり、結果的に詰まってしまい、脳出血、脳梗塞を起こしてしまう原因不明の病で特定疾患（難病）に指定されています。治療方法は、大部分の人は投薬によって脳の血流量を維持できるらしいが、僕の場合、現在の血流量では正常な脳を維持できないため、こめかみの血管を脳動脈に替えて維持するための手術をすることになりました。手術の時間は普通は約四時間ということですが、実際には七時間かかりました。

舌手術後初めてのお正月（平成一七年）は、どのように過ごしたのかまったく、記憶がありません。例年、大晦日の午後一〇時から始まる大津びわこホールでのジルベスターコンサートに行き、帰りに松尾神社に初詣をした後、家で新年を祝っていました。しかし再発、転移の不安と大きな手術を控えての不安が重なり、記憶から消えた空白のお正月になってしまいました。その翌年のお正月（平成一八年）は、慣例となっているジルベスターコンサートで素敵な音楽を聞き、松尾神社に初詣し、二人で新年を祝いました。舌、脳の手術及びがんの再発、転移に、言葉に出せない極度の不安を胸に秘めつつ過ごした日々を少しずつ思い出しながら、話し合いました。まさか今日のお正月を健康な体で迎

えることなど考えられなかった事を思うと、自然と二人して涙する思い出深いお正月になりました。

がん患者の会発足（平成一八年三月）

退院後の生活は、徐々に増してきた再発、転移の不安との共存生活となりました。入院中は病院という、言わば安全地帯のようななかで退屈しない程度に時間を過ごし、退院後の生活を真剣に考えたことがありませんでした。もちろん入院前とまったく同じ生活に戻るであろうと考えていたし、精神的にはゆっくりと、焦らず過すことを念頭においていました。しかし、退院後は日を増すごとにちょっとした腹痛や下痢、寝違いでの胸の痛み、咳などが続くと、ひょっとしたら転移したのではと考え、落ち込むことが多くなってきました。この様な時には仕事も手につかず、かつ周囲には心配をかけたくはないので何も無かったように振舞わなければならず、よりつらい一日となりました。結果を知ることが怖いので、積極的に病院に行く気になれず、家内に尻を叩かれて京大病院に行くことになりました。

そんなある日、便を拭いた紙に血が付いていた時がありました。とうとう来たかと観念し、家内に「お尻から出血している、すぐに病院に行ってくる。【もし】、だったらごめんね」と言って出かけこともありました。

お蔭様で現在まで再発、転移が見つかっていませんが、予定された診察以外に九日間の診察、検査を受けています。この様にすべての体調の不良は再発、転移につなげて考えるようになり、不安ですごく落ち込むことになりました。

また気の許せる友達に病気や食事療法、再発、転移のことなどを話すと、じっと聴いて最後に「頑張って」と言ってくれる人、あるいは「好きなものを食べ再発、転移のことなど考えないで、もっともっと前向きに生きようよ」と言ってくれる人にわかれました。両方とも励ましてくれることはありがたいのですが、後者の方には、話さなかった方がよかったと思いました。このことを経験して、不安なこと、つらいことを誰かにわかってもらいたい、聞いてもらいたい、また不安なことつらいことを経験したからこそ、聞いてあげられ、かつ自分も癒される、そんな時間・場所をつくることができないか、こんな想いが「がん患者の会」の発足するきっかけとなりました。一〇年ほど前に、自殺予防相談員の訓練を受けたことや、仕事を通じて仕事上の悩みの相談を受けるなどの経験があったことも、この会を立ち上げる要因になっています。私が会員となっている京都ＹＭＣＡと相談、私が所属するボランティアビューロー委員会所管で、第一回目のがん患者の会は平成一八年六月三日となりました。

第一回がん患者の会報告（平成一八年六月）から

開催日　平成一八年六月三日　於　京都ＹＭＣＡ三条本館マナホール

講　師　NPO法人ジャパンウエルネス、プログラムディレクター大井賢一氏

大井氏のご発表概要　死亡原因の第一位、成人の二人に一人ががんに罹り、三人に一人ががんで亡くなる、こんな恐ろしい病気、がんと告知されたら、あなたは？

がんを患い一応の治療を終えた後、多くのがん患者は、統計によるこの先五年の生存率（逆に言えば何十パーセントかの確立で、確実に患者自身が死を迎える）を知ることになります。少しの頭、咽喉、胸、胃などの痛みや身体の変調などに過剰に反応し、手術や放射線、抗がん剤の副作用によるつらさと共に、多くの患者が再発、転移への心配、不安、悩みに苦しむことになります。万が一再発、転移すれば死を意味するからです。といって再発、転移を防ぐ特効薬はなく、患者自身が主体的に、意欲的に予防する術もないのが現状です。がんは肉体の病と同時にこころの病も併発すると言えましょう。

大井氏はがん患者及びその家族の精神的な悩み、苦しみをサポートするに当たり、統計による悩みを分別し、その個々の悩みを和らげるためには、自助努力と共に家族、親戚、友達、医療者の温かい支援協力や共通の悩みを持つ、整備された患者同士の集いが有効である、かつあなた一人が悩み、苦しみを持っているのではなく、多くの患者とその家族も悩み、苦しんでいる等々。患者とその家族が思い当たる具体的な悩み、苦しみの緩和方法を紹介されました。大井氏の言葉一言一言に「そうそう、僕もそうです」とうなずく事が多々あり、一人ではない自分にホッとする場面も。多くのがん患者と

その家族が経験するであろう死の恐怖に、がんという病を自分のものとして受け止め、生きていく勇気と希望を与える、光と闇の交差する患者とその家族にとって意義のあるセミナーとなりました。

第八回がん患者の会報告（平成一九年八月）から

一度はブラックホールに突入し、いくらもがいても抜け出せない苦しみ、悲しみ、不安を持った人たち、人生の終末が目の前に、或いは後ろから追いかけられていると感じた人たち。でもがん歴（がんの発病から現在まで。私の造語）一年以上の人たちは、少しずつブラックホールから抜け出し、多くの人たちの支えで今日生きていることに、生かされていることに気づくようになります。

今回二回目の参加となるお一人暮らしの年配の女性、Oさん。術後の経過もよくなく、これからの抗がん剤投与にも不安を持っている。ついつい一人暮らしのため、後ろ向きな考え方が多くなり毎日がつらいとおっしゃる。最初の話しぶりは元気が無く、顔色もよくないように感じた。参加者全員がOさんのつらさ、不安に共感し、こころのなかで「私も一緒でしたよ」と相づちを打ちながら聞き入っている。今回はOさんに十分なお話をする時間を差し上げ、こころの底に鬱積したものをはき出してもらう事ができた。つらいこと、悲しいこと、不安なこと、その一つ一つの経験には、必ずご褒美として今までにない素敵なプレゼント（元気と生きる勇気）をいただける事を信じて。Oさん一緒に頑張りましょうと応援の言葉をかけさせていただいた。会の終わりに、全員が「Oさん、とっても顔色がよくなったよ」ともお声かけさせていただいた。

傾聴ルーム

つらいこと、不安なことを持ち寄って、慰め合って、自分だけじゃないことを知ったら、少しは精神的に楽になるだろう、こんな動機で京都ＹＭＣＡがん患者の会を立ち上げました。この会を持つことによって、私自身の自己治癒力が増すであろうことも確信をしております。もっと多くの方にこの会を利用していただきたいと思います。そのためには、患者さんの悩み、つらさや不安に熱心に耳を傾け、受容、共感出来る訓練を受けた人（相談員）が必要になってきます。多くのがん患者さんの要望にも応えるためにも、この会の輪が広がるためにも、相談員が必要になってきます。現在、他の機関、施設から相談員を派遣してもらうとか、自前で相談員の養成をするとかの方法を講ずべく考えています。

私は今、三カ月に一回診察を受けに京大病院に通院しています。そんななか、痛切に思うことがあります。病院の広いロビーの一角に悩みの相談室みたいなものがあり、その部屋には「病気でつらい、悲しい思い、不安を感じたとき、この扉をノックしてください」と張り紙がしてある、そんな部屋を作れないだろうか。

たとえば、診察の際に、先生からの一言で深く落ち込んだりする事もあります。そんな時、「悩みの相談室」に立ち寄ることができたら……。対応するのは、決して臨床心理士や、専門のカウンセラーの先生でなくてもいいんです。寄っていただく方の思いに耳を傾け、受容していただける人でいいんです。そんな気軽に立ち寄れる、患者さんにとって、こころのよりどころとなる場所があったらいいと思います。

遺言状（平成一九年一〇月）

「必ずあつべー（家内）を看取ってから逝くと約束していたのに、先に逝ってしまってごめんね」。こんな書き出しで遺言状を書きました。再発もしくは転移すれば、日毎にあつべーが元気になる看病ではなく、僕を看取る事になるであろうと思ったからです。

僕自身が彼女に面と向かって言えなかった感謝の気持ちとか、保険、年金、預貯金等々を明らかにし、困らないようにと思ったからです。この遺言状によって病気をして以来、最も気になる大きな仕事をやり遂げた感じがしました。ただ、今考えると遺言状の有無にかかわらず、彼女は彼女なりに問題を解決し、翼を広げて自由に飛び回ることができた女性です。

僕が亡くなったら家内はどうなるの？　なんて思うのは愚問ですね。約束通り、彼女を看取ってから逝くことにします。それまで頑張ります。

一三回がん患者の会報告（平成二〇年二月）から

初めての参加者四名を含め一〇名で会を開いた。皆それぞれに再発、転移の不安、命に限りある事を否応なしに思い知らされた人たちの集まりですから、募る不安におびえ悲壮感がいっぱいに漂い「これからどうして生きていくの？　残される家族はどうなるの？」と低い声で、ぼそぼそと……ちょっと極端ですがこんな事を想像されるのではないでしょうか。

確かに患者さん一人一人、一度はこの様な心境になられたと思います。しかしこの会は、皆さんが想像するような会ではないのです。先が見えない色々な不安を語り、自分自身が解決の糸口を見いだしていこうという積極的な意志を持つ前向きな会であります。淡々としているとでも言うのでしょうか、誰もアドバイスをしません。不安を語り、ただじっと他の人の話を聴き、自身のこころのなか（生と死）を整理するのです。また、極限のつらい思いした人たちですからこそ、これからの人生は授かりものと考えるようになるのも事実です。健康のありがたみがわかった分、人に優しくなれますし、家族の絆が深くなったり、病気をする以前よりも明日が大切に思えて、より積極的な自分を感じることができます。

僕のカウンセラー、レモン

わが家には、現在一八歳のメス猫がいます。

家の道路沿いに農業用水路があり、ある日、家内が二階の洗面所に居たとき、子猫の鳴き声がしました。その声は川上から川下へと移っていく、きっと猫が用水路に落ち流されているのだと思い、僕に早く助けるようにとの厳命。夜中の一時頃だったので、懐中電灯と長靴を履き、用水路の川下のほうで待っているとスーパーのレジ袋に入れられ、まだへその緒がついた生まれたての子猫四匹が流されてきました。

四月初旬のまだ寒い時だったので、早速お湯で体を洗い、ストーブで体を温める。残念ながら一匹はすでに息途絶えていましたが、他の三匹は元気に鳴いていました。ガーゼに牛乳をしみこませ、無理やり口に入れる。翌朝、いつもお世話になっている獣医師のところで診てもらいました。わが家では猫を飼った経験がないし、生まれたてでミルクの与え方、おしっこや便の処置方法が分からないため、十数年、猫を飼っていて育て方に詳しいT氏に預かってもらうことにしました。T氏宅で元気に育ち、一匹は家内の友達へ、あと二匹はわが家で迎えることにしました。グレープ（男の子）とレモン（女の子）です。T氏からミルクの与え方、げっぷの出し方、おしっこや便の処置方法等を伝授され、家族四人の共同生活が始まりました。

グレープは末っ子そのままの性格、甘えん坊で家内をいつも独占し、自由奔放です。レモンは、グレープの優しいお母さん、お姉さん役。たとえば食事の時など、レモンが食べている時にグレープが食べに来るとレモンは譲り、グレープが食べ終わるまで横で待っています。また、レモンが家内の膝の上で甘えている時、グレープが家内の膝に来るとレモンがすーとグレープに譲ります。グレープが家内を独占することが多いため、レモンに目をかけてあげてよと言ったことがあるぐらい、弟思いの優しい子です。この子たちの為に二人で旅行できない不自由がありますが、それ以上に僕たちに楽しみ、安らぎや癒しを与えてくれます。こんな子ども達と一緒の生活を通して、レモンは僕たちの気持ちを、また僕たちもレモンの気持ちが理解できるようになり、徐々に僕のカウンセラーになってくれるようになりました。

残念ながらグレープは一三年の生涯を閉じました。レモンは弟を失った大変な悲しみを味わったことと思います。この悲しみを、家内を独占することで徐々に元気を取り戻し、悲しみを乗り越えた優しさの現れなのか、以前にまして僕のカウンセラー役を発揮してくれるようになりました。仕事がうまくいかない時や、患者さんの会でのつらい、悲しい話を聴いた時などは、精神的に落ち込みます。もちろん僕はそのつらい、悲しい事柄を解決するものではなく、その話を受容し、共感的に理解することが僕の役目です。解決するのはあくまでクライアント自身です。とは言いつつ未熟な僕はそんな話を聞いたときは、精神的に落ち込み、当然そのまま家にもち帰ります。家内は、「今日つらい話を聴いてきた

ね」と僕の表情を見て気持ちを察知します。

そこでレモンの登場です。「レモン、お父さんの話を聴いてあげてェー」と家内の掛け声。私は「レモン助けてェー」と言うと同時に、レモンのふわふわのお腹に顔を埋め、「お父さん、今日とってもつらかったァー」とレモンの耳元で小さな低い声で話し始めます。レモンはじっと聴いています。それはたまたま聴いてくれるのではなく、僕の表情とレモンの耳元での小さな低い声がレモンをカウンセラーにさせ、未だかつて、話の途中でカウンセラー役を放棄することなく、「レモン、聴いてくれてありがとう」と言うまでカウンセラーをしてくれます。レモンは僕の表情、話し声などを察知し、ただただ聴くこと（受容）に徹し、立派なカウンセラーを務めてくれます。本当にありがたいですね。

第六一回がん患者の会報告（平成二四年二月）

初めての参加者一人を含む五名で会を開きました。少人数だったためそれぞれの患者さんが時間を気にしないで、十分話すことができました。今回で二回目の参加になるYさん、前回はご主人の末期症状で、医者から余命数カ月を知らされたのでしょう。不安でいたたまれなくなって来られました。

話し始めるなり大粒の涙、嗚咽して話ができない、少し話し、感情が高ぶりまた嗚咽を繰り返す、他の参加者はじーとFさんの途切れ途切れの話に耳を傾け、もらい泣き。Fさんと参加者の涙なみだで終始しました。しかし、前回と比べると何か吹っ切れた様子で、顔の表情も明るくなっていました。

Fさん曰く、

「みなさんも一度は私と同じつらい不安な気持ちをもたれ、私一人だけが苦しんでいるのではないことがわかりました。同じ気持ちでいる仲間がいる事に気がつきました。私のためにみなさんが泣いてくださり、本当に参加して良かったと思います」。

この言葉は、私たち参加者にとってとっても嬉しいお言葉でした。一番嬉しいご褒美です。この会を始めて六年経ちますが、もちろん、つらいこともありました。これまでに何人かの方がお亡くなりになりました。ご家族の方からお電話、お手紙を頂戴し、「残念ながら何月何日亡くなりました。長い間お世話になりありがとうございました」。この様な悲しい連絡をいただくと本当につらくて落ち込みますし、自分もひょっとしたらと思ってしまいます。でも「○○は、患者の会に行くことをいつも楽しみにしていたんですよ」、と言っていただくことがあります。この言葉は私の暗い気持ちを一変させ、良かった、続けていて良かったと思うのです。

最後に

手術以来、人なみ以上に心配、不安症であった僕は再発、転移の不安に神経をすり減らしていました。そんな私に、癒し、元気を与え、支えてくれた人々に感謝したいと思います。僕の体や精神的不安をいつも気遣ってくれた、家内とレモン、家内が旅行の時など家内に代わって食事やお弁当を作ってくれた義姉、いつも電話で「体は大丈夫か」と気づかってくれる家内の兄弟姉妹、僕にいつも元気と優しさをくれた患者の会、傾聴セミナーを通して患者の会を陰ながら育てていただいた佐藤泰子さん、僕を育て患者の会を応援してくれたワイズメンズクラブとＹＭＣＡ、二年にわたり自殺予防相談員養成講座でお世話になった諸先生方、カウンセリングの技法について七カ月間もの間指導していただいた臨床心理士の山下、中田両先生、今生きる僕を直接、間接的に支えてくれた多くの人たちに感謝致します。

これからもがんともやもや病に向き合って生きていきます。病気とともに生きる勇気を私に与えて下さったのは、支えていただいた多くの人たちだと思います。

ある時は人に支えていただき、ある時は人を支える自分でいたいと思います。

第六章　円　環

仏絵師　佐藤淑美　子宮がん

病気に気づく一年程前からだったろうか、時々こころに浮かぶ言葉があった。

「今なら死んでも悪くないな」と。

死ぬ時にやり残した事を思い出し、後悔しながら逝くのはイヤだと思っているが、当時は「今ならそういう事が無い」と素直に思えた。好きな絵を描き、好きな人と結婚し、子供も持てた。若い頃にやりたかった事は一通り実現していた。子供はその頃、六年生で、私と背丈が並ぶほどに成長しており、もう「保護すべき幼い子ども」ではないと本能が感じていたと思う。

人生には、肉体的な成長や年齢とは別に、ある「完成」の時期があるのだろう。私のがんはそういった一つの円環が完成する一歩手前の時期に来た。この病は円環が「円」になって閉じるか、一段上に重なって「らせん」になるかの境界で生じた危機的な出来事だったように思う。

発　病

平成六年。三六歳の一月、接触性出血があり、少量の不正出血も少し続いた。四月、再びの不正出血があったが忙しさに紛れていた。七月、子供のキャンプの責任者として多忙を極めるなか、母方の祖母とその家を火災で失う。大きなストレス。そこは私のサンクチュアリ（聖域）でもあった。

九月、涼しくなる頃、冷たい水で手を洗うとすぐ尿意をもよおす。また臨月の頃のような腹部の張りを感じる。九月末にゼリー状の大出血があり、産婦人科で念のため受けた検診でがんと判明。すぐに手術をうけられる病院を紹介していただく。検査の結果、Ⅰ期の終わり、Ⅱ期の初めだろうとの事。シスプラチン（cisplatin：抗悪性腫瘍剤・抗がん剤）で術前に直接患部を叩き、術後三回の抗がん剤治療と説明を受ける。若いので薬の量を少し多めに使うという事だった。

入院まで時間があったので図書館で本を探して読むが、自分がこれからどうなってゆくのか、何が待っているのか、文字・知識は頭に入っても、腑に落ちない。本では体験者の手記が一番わかりやすく感じたが結局「よくわからない」事だけがわかった。

一〇月半ばに入院した。

ナースさんの信頼も厚そうな職人タイプの主治医に「お任せします」と言って一一月初旬に手術を受けた。術前、抗がん剤の回数を三回と予定されていたが、術後は五回に増えていた。

イメージ・自分で参加するがん治療

スポーツの世界で知られるイメージトレーニングは、代替医療の世界にもあるようだ。私は主人が病気がちという事もあり、そういう本を読んでいた。だから入院を待つ間に自分でできる事として、がん細胞を殺してゆくイメージをしていた。たとえば「白血球やＮＫ細胞（免疫力のにない手）が強くなり、増えて、がん細胞を殺してゆく」姿を思い描く。「大型犬ががん細胞を喰い、噛み砕く」「緑色の正常細胞のなかにできた赤いがん細胞に手で触れ「アポトーシス（自死、体を構成する細胞の死に方の一種で、個体をより良い状態に保つために引き起こされる細胞の自死・プログラムされた細胞死のこと）せよ！」と命令し、細胞を溶かす、などである。免疫細胞【病原体と戦う免疫力（自他を区別し、自分以外のものを異物として認識して排除する仕組みを持つこと）のある細胞で白血球などがそれにあたる『生物学用語辞典』より】やがん細胞に色と形を与え、キャラクター化し、思い浮かべやすくした。

これは昼でも夜でも、寝ていてもできる。免疫の本なども読みながら、入院中も退院後も続けていた。医師に「お任せ」するだけでなく、自分の治療に積極的に参加できる良い方法だと思う。少なくとも「不安」をイメージしてしまうより前向きだし、何もやる事がなく「不安」にとらわれるより良いと思う。

赤い樹形

治療の順序の説明では「術前に一度、直接抗がん剤を注入」という事で、太ももの付け根から管を通した。注入の瞬間、下半身にぬるい温かさが広がった。同時に「黒い背景に広がる逆向きの赤い裸樹の形」が頭のなかに浮かんだ。まさに血管の形そのものなのだろうが、これは自分の体からの視覚的な報告なのだと思った。

退院後、同じ治療を受けた女優が「焼けるような激しい痛み」を感じたと知り、個人差の大きい事に驚いた。驚きといえばこの時動脈に開けた穴をふさぐ方法もそうだった。他に方法が無いのが不思議だったが、穴の上に砂袋の重しを置き、安静にして（二四時間）自然にふさがるのをただ待つというものだ。この時の動けない腰の痛みは、ある意味一番つらかったと思う。しばらく本気で考えた。この治療方法は、これ以後の治療が「あれよりはマシだ」と思わせるための密かな陰謀ではないかと……。

術後すぐ

手術で子宮・卵巣・左右のリンパ節を取り去った。術前の「同意書」類を記入する時は緊張した。全身麻酔から醒《さ》めない事だってある……。主治医からの解説では後遺障害もあるという。（膀胱の後ろに子宮がある為）神経をさわるので、尿意がわからなくなるという話だった。

「いやですね、何とかなりませんか？」と抵抗したが仕様の無い事だった。

術後、麻酔の覚醒を確認する主治医の声かけは「神経はできるだけ残しましたからね」だった。観察室にいる間の事はあまり記憶が無い。怖い夢を二つ見た。夜中に、床に誰かが寝ている気配を感じたが実際にはだれもいなかったそうだ。麻酔は良く効いて、大きな痛みは覚えてないのに、その後しばらく、瞬間的に「ぱん！」と叩かれるような、でもすぐ消える、痛みのフラッシュバックを時々感じた。これは体に残った記憶のようなものだと感じた。

抗がん剤治療・生命の泉

抗がん剤は点滴で行われる。寝ている間は……体がベッドマットに深く沈み込んでいる気がする程のしんどさ。「だるさ」が積極的に襲いかかり、身の置きどころが無い。「半分死んでいるみたい」と思う。薬の副作用も同時にやって来る。

人に「生命エネルギーの泉」があるなら、抗がん剤によって泉の水が激減してしまう。一度の点滴で泉の底が見える程に減る。湧《わ》き出す水の量があまりに少ないので、少し動くとすぐ使い果たしてしまう。たとえば、いろいろなチューブを外されベッドから起き上がれるようになった初日。自力でトイレに歩くと、三部屋先にあるトイレに往復するだけで息が上りベッドに倒れ込む。しばらく動けない。この日はほとんど寝たままの日。

二日目は湧き出すエネルギー量が少し増すらしく、歩ける距離が倍になる。ベッドにも倒れ込むが、座る姿勢もできるようになる（座るとは、腹筋・背筋を使う「静かな運動」だと実感する）。

三日目は廊下の端まで往復ができる。そこにはナース室がある（若いナースさんに「あっ、佐藤さん、歩いている」と笑顔で手を振ってもらえる）。

一日一日、薄紙がはがれるように薬が抜けてゆき、それにつれて体が回復してゆくのがわかる。「日《ひ》にち薬ですからね」と経験豊かなナースさんに言われたが、まさにそんな風だった。

生きている喜び

術後最初の点滴治療が一番つらかった。開腹のダメージから回復もせず、薬にも耐性ができていなかったせいだろう。しかし、一方、薬が体から抜ける過程で花火のような（異常な）高揚感がやって来もした。生きている喜び、素晴らしさを天にも駆け昇る勢いで感じた。一人の夜のベッドの上、どんなに感謝し喜んだ事だろう。あまり強いので、ふとこれは何かの「反動」なのではないかと疑ってしまった。

この体験から「喜・怒・哀・楽」の語が浮かんだ。「怒・哀」はマイナス感情で「喜・楽」はプラス、肯定できるものと単純に思っていたが、ひょっとしたら「喜」はあやしいのではないかと。「楽」の快さ、穏やかさ。静かさをゼロとすれば「喜」はプラスに振れている。マイナスと向きは逆だが、動いている事に変わりはない。プラスは良い事だろうが、大きく振れた事への反動は無いものか？

「喜」は果たして本当に心地良いものか？　もっともっと大きい喜びを感じたい……と求めるこころがエスカレートしないか？　「常にプラスだけを感じたい」と求めてしまうと、それを得られない状態をマイナスと感じ、（実は何も損をしていないにもかかわらず）まるで自分が損をしているように思い違いをしないだろうか？　物欲をかきかてる広告、若さを「素晴らしい、今しか無い」ものとあおる世相に危うさを思う。

では「楽」とは？　あまり目立たない「楽」のありようを初めて考えた。リラックスして穏やかで、満足・充足していそうだ。「平常心」に一番近い所にある静かな幸福感が「楽」かもしれないと思った。

一番近いイメージは、お仏壇の鈴《りん》の響きの余韻だった。澄んだ、高くて張りのある音が、空間を波紋のように広がると、波の通った跡がまっ平らに鎮まってゆく……。鈴の音の通過した後の、私のこころも穏やかで平らになってゆく……。これはその後長らくこころを落ち着けるのに助けになったイメージだった。

気を使う

術後すぐの、とても身体がしんどかった頃に気づいた事。見舞いに来た家人が私に話かけるが首も振れない。本当は声さえ出したくない程なので、最小限の「うん」という返事をしようと思う。すると……頭が決定してから、口に出す（口の筋肉を使う）までに、すでに「どっこいしょ」という程の大きなエネルギーが必要なのだった。ふだんはエネルギーの体と肉の体とが重なっているとすれば、まるでエネルギーでできた体がひと回りもふた回りも小さくなってしまっていて、肉体という重い「鎧《よろい》」の内側との間に隙間ができている感じ。「気を使う」とよく言うが、まさに「気」とはエネルギーだと実感した。

ヘアピンカーブでスピン

術後しばらくしてから、ベッドのなかで「今の自分の状態はどんなだろう」と思いながら目を閉じて、イメージが浮かぶのを待った。浮かんだ映像は、断崖絶壁のヘアピンカーブでスピンしてガードレールでやっと止まった姿の、一台の白い車だった。次にその崖の対岸も浮かんだ。そこは一面の灰色だった。動きが無く、点描で描かれた灰色の空間の、点がすべて停止しているように感じられた。そこは空間ではあるが空虚ではなく、むしろ充実していた。この言葉が適切かはわからないが、「寂滅」という言葉を思い浮かべた。たとえば振《ふ》り子が最大に振れた時に一瞬停止し、再び逆方向に振れてゆくが、その動きの無い一瞬が続いている──、そんな印象を受けた。

対岸の空間は、ガードレールに守られていなければ白い車（私）が行っていた「死」のイメージなのだと思われた。それは「死後の世界」ではない。「死」は恐れるようなものでは無かった。そちらがあまりに静かなので「動ける間（生きている間）に何かなすべき事をしておく」事が自ずと意識されるような、そんな気持ちを抱かされもした。

「死」そのものが恐れるものでは無いとすれば、では私は何を「恐い」と感じるのか？　一つには私は死ぬまでの「痛み・苦しみ」を恐れるのだと思った。

その後近藤誠著『患者よ癌と戦うな』（文藝春秋、二〇〇〇年）という本が出版され論議を呼んだ。それに反論する本も出版された程だ。両方読んだが、不思議に前者の方が読後に安心感を感じた。なぜか？　注意して読むとなかに「すべてのがん死が苦しいわけでは無い」ことが書いてあった。その事を医師が書いていた、という事が珍しかったと思う。

手当て

入院生活が長くなると、ナースさん達とのつきあいも長くなる。朝の検温から消灯後の巡回まで、各人から「色」を感じるようになった。本当に色が見えるわけではない。その人にぴったりした色が強くわかる……という感じだ。赤の人、オレンジの人、水色の人。鮮やかな色の人達、その方々は若かった。後で聞くと看護師になって二〜三年くらいの人が多かったらしい。ベージュやモスグリーンの人はナースとしての経験がもっと長そうな人達だった。

術前の検査のなかには強い痛みを伴うものもあった。特に膀胱の検査では、カミソリの刃が体内で回転するように感じた。その時に、付き添ってくれたベージュ色のナースさんが手を軽く私の足に触れてくれた。

すると、痛みがパッと消えてしまった。

「手当て」というのはこういう事かと驚いた。強く印象に残ったが言葉にならなくて、今もその時の御礼を伝えられていない。その事が、時間がたつ毎に残念に思える。

三〇代のナースさんは多くの患者さんを看て来られて、術後も「腹圧をかけるには和式トイレが良い」とか具体的で的確なアドバイスをもらえた。病気で落ちた体力・気力の身には、ナースさん達は明るく輝いて見えた。健康でトレーニングを受けた人が周囲にいて、しかも呼んだらすぐに来てくれるのは、それだけで安心感のあるものだった。

副作用

抗がん剤の副作用で、色に対する感覚が異常に鋭くなる経験をした。特に薬に耐性が無い最初の頃ひどかった。原色（赤・青・黄）が目に痛く耐え難くなった。色が直接頭に突きささり、正視できない。目の刺激が全身にとってつらい。音ならばシンバルを耳の前で思い切り叩かれるようなものだろう。お見舞いのリンゴ、パジャマのきれいな水色。普段は好きな鮮やかな色が、その時期だけ隠された。

後に自閉症の方の自伝（ドナ・ウィリアムズ『自閉症だった私へ』新潮社、二〇〇〇年）を読み、自閉症の方は視覚・聴覚にひんぱんにこういう事が起こると知った。そのつらさは想像できる。この体験を経なければ共感できなかったと思う。

嗅覚の異変は病院で出るオシボリタオルで感じた。その頃ナースセンターの前にはスチーム機があり、タオルが蒸されていた。本来無臭のはずの蒸気が「カニの腐った臭い」に感じられた。もちろん吐き気をもよおす。廊下に出ると私にだけ感じる悪臭がする。スチーム機の前を通る時は鼻と口をおおい、小走りに過ぎた。嗅覚全体も鋭くなっていたらしい。同室の患者さんのヘアスプレーの香りが強すぎて布団をかぶった事もある。これらは薬が体から抜けるときれいに無くなった。

抗がん剤治療を重ねてゆくと、増してゆくものもあった。抗がん剤の成分が重い金属（私の場合、プラチナ）で、体外に出ないせいらしい。耳鳴りはずっと残るのだそうだ。

耳鳴りとは、頭のなかで音がする事とばかり思っていた。しかし実際にはそれだけでは無いことがわかった。買い物袋のビニールをガサガサさせる音、小さい子供や若い女性の高い笑い声がつらくなった。そういう音はガラスの破片のように裸の脳に突き刺さる。耳をふさぎ、布団をかぶらずにおられない程の苦痛を感じた。

耳鳴りは今でも残っている。電車内での子供や学生（女子）の高い声は今もつらい。でも命とひきかえに得た後遺障害としては小さいものだと思う。

副作用で一番重かったのは吐き気だった。入院・治療というストレスのなかで、食事をおいしく食べたい、慣れ親しんだ味付けの食事をしたい——安心と満足を得たい——という願いは叶いにくい。「病院食は美味しくない」というのは定番のようだ。術後間もなく食事におかゆが出たが、吐き気で食べられない。吐き気止めの注射を勧めてもらったので受けてみたが、消毒用アルコールの臭いと注射の痛みで食欲が消えてしまった。これは本末転倒、薬のムダ、とそれきり止めてしまった。

経験豊富なナースさんから「朝の吐き気は『つわり』と同じです、アメでも良いから口にすると良いですよ」というアドバイスをもらい、試すと本当にマシになった。

食欲が引き潮のように去ってゆくと、浜辺には「食べられない食品」が岩のように現れ出た。自分が好き嫌いの少ない人間だという思い込みは打ち消された。「好きではないが、食べられる」程度の食品はすべて吐き気がして食べられなくなった。反対にいつまでも美味しく食べられるものもあった。南蛮漬、白身の魚。切干大根やひじきの煮物……。果物は食欲が湧かなかった。お造りや鍋物が欲しかったが、大部屋では遠慮された。

一週間のメニューが廊下に貼り出されるのを見るのは入院患者の楽しみの一つだが、いつ頃からか少し緊張感をはらむものとなった（このメニューが出てきた時に食べられるだろうか？）。メニュー全滅という時の最後の砦は「カップめん」だった。食べ物臭さが無くて、吐き気をもよおさず食べられた。たまに主人と外出し、食べたお好み焼の美味しかった事。息子の卒業式の後、三人での外食も格別だった。家族と一緒に食べるという一番の調味料があったのだろう。

手術で体重が五キロ減った。一回の抗がん剤治療でさらに一キロずつ減ってゆき、退院時には一〇キロ程やせていた。「病院ダイエットや」と笑っていたが、実は体重も体力なのだと感じた。体重五二キロで入院、四二キロで退院した。成人してから一番やせていた時が四一キロだったから、それまでは大丈夫と思っていた。しかしそれ以下になると正直なところ不安だった。

小さな地獄

五回の抗がん剤点滴、そのたびに回復期があって廊下を歩く。時には体力の配分をまちがえて、途中でエンストを起こす事もあった。暖房が効いてはいても、誰もいない冬の病院の寒々とした廊下。面会者用の長椅子で（誰も見ていないから……）と横になる。座る体力なんて無い。ハッハッと荒い息をつきながら思わずつぶやいてしまう。「これも小さな地獄だなあ」。

樹木の顔

ある時のイメージ。一本の樹の中程。大きな暗い洞《ほら》のなかに老人の顔があった。顔の手前に小枝があり、ハッキリは見えないのだけれど。強く浮かんだのでスケッチブックに描きとめた。後に「バウムテスト」（木を描く心理テスト）の解説で、木の節を描く時はその人がこころに大きな傷を負った時だと聞き納得した。私はまさにその渦中にいたのだ。今は思う。私は一足先に自分の老いを体験した、と。垣間見たのは老いた自分の姿だったのだ、と。

その絵を描いた時には感じなかった「老いの先取り」体験は、退院直前と退院後しばらくの間つくづく感じさせられた。足が前に進まない。階段が登れない。道ゆくすべての人に追い越され、不審げに振り向かれる。信号を時間内に渡れない。気づけば高齢の方々と並んで歩いている三〇代の私。どんな事も受け入れて「右足と左足を交互に出していればそのうち着く。何も考えない」と自分に言い聞かせ、何も考えないで、ただ歩いたけれど……。

死ぬ覚悟――受け入れと入院引き籠り

キューブラー・ロスの『死ぬ瞬間』(川口正吉訳、読売新聞社、一九七一年)のなかで人が自分の死を受け入れるまでにいくつかの段階があるとしている。初期には「拒否」や「怒り」があり「受容」へと進むらしい。告知を受けて手術が必要と聞いた時の自分を振り返れば、拒否や怒りは強くなかったように思う。それは「今なら死んでも悪くない」と思っていた事が準備段階になっていたからだと思う。

「なぜ私ががんに?」という問いを、私も自分に投げかけた事がある。イメージは即座に答えを出した。それは吠える雄ライオンの私だった。

「私は強いものが好きだから強い病気が来たのだ」思い当たるところはあり、笑って受け入れた。しかし「死」を受け入れる事はあまりに大きな事だった。客観的に見ればⅡ期の初めの子宮がんは他のがんに比べれば恐れる事は無いのかもしれない。とは言え私はただ一度の自分の人生のなかで初めて「がん」と名のつく病にかかり、死と、初めて真剣に、我が事として向き合った。

入院・手術・抗がん剤の治療中も、その事はこころの底を大きく波立たせ、一度「死」ぬ覚悟をしない事には落ち着かない事は明らかだった。それをするには一人になれる時間と空間が必要だった。私はあの頃、病院にひきこもったのだと思う。他の事は一切、家族に任せて。

息子にも私の病気の事は言わずにいて欲しいと伝えた。秘密を持たせたこころの負担に思い至ったのはもっとずっと後の事だった。実家から母が来てしばらくの間家事をしてくれた。主人は毎日のように病室に顔を出してくれた。柄にもなく花を買ったりして。家族の負担は大きいものだったはずなのに私に心配をかけないようにしてくれていた。その時はゆとりが無くてきちんと伝えられなかったが、今も深く感謝している。

死ぬ覚悟——良寛の手紙

こころは長いこと振れて、落ち着かないでいた。それが鎮《しず》まるには「言葉《キーワード》」が必要だった。ベッドサイドには禅僧の言葉を集めた本も持ってきていたが、そのなかに良寛の手紙があった。良寛の知人が、地震で亡くなった。その遺族に宛てた手紙であるという。

死ぬる時節には死ぬが良く候

これはこれ災難をのがるる妙法にて候

よく切れる刃物でスパッと、じたばたするあやつり人形の糸を切って落とされたような感じ。

なんだ、そうだったのか。死ねばいいんだ。

文中の「災難」という言葉は、地震という物理的な災難ではなく、それに続く「こころの災難」なのだと、いわば一次災害でなく二次災害の事だと了承された。

私が病気で死ぬのならそれは一次災害だろう。本人や周囲が先取りして悩み苦しむ事や、本人の死後に周囲が後悔し、こころを責める事はすべてこころの災難、二次災害だ。そして二次災害の「減災」は可能なはず。それはまず、死という一次災害を受け入れる事から始まる。それをよくよくわかって温かいこころでつづられた「死ぬがよく候」は、素晴らしいキーワードだった。

家人が亡くなったばかりの家に、こんな手紙が書けるのは、さすがに禅僧だと思う。またその家とはこの手紙が書ける程の深い信頼関係があったと想像される。

「死ぬがよく候」と語る良寛の口調は、温かい思いやりと慈悲にあふれたものだったに違いない。

「悲しみ」という文字の入った「慈悲」という言葉は深い。生きる悲しみを共有する者がそこにいる。

今の日本は生きる悲しみや、病や死を遠ざけよう・逃れようとして作られた。その事そのものが、病や死による悲しみ・痛みを「共に思いやり癒しあう力」を弱めてしまったのではないかと思う。

良寛の言葉で、私のこころの底がチリチリするような焦りは鎮まった。しかしまだ、死にたくはなかったのでがん細胞と戦うイメージトレーニングを続けていた。

友人からの電話・後悔

治療も終りに近づいていた頃、友人から病院に電話があった。「乳がんの検査で、切った方が良いと言われたが切りたくない。相談する相手もいないし電話した」という。

同じ迷いの後に切る事を選択した私は、切った方が良いのでは？　と答えた。結局、彼女はセカンドオピニオン（よりよい決断をするために、当事者以外の専門的な知識を持った第三者に求めた「意見」、または「意見を求める行為」の事）に従い、切らずに元気で今に至っている。

電話のその夜、こころが激しく揺れて眠れなかった。ナースさんに話を聴いてもらい、初めて安定剤をもらって寝た。動揺の理由が、その時はわからなかったが、退院後時間がたって「後悔」だったと知った。

私もできたら切りたくなかった。（仕方がないから受け入れたが）三〇代半ば。もう一人子供を生むかどうかの迷いが意識の底から浮き上がっていた頃だった。そのままでいたかった。しんどい薬など使いたくなかった。家族を置いて入院などしたくなかった。入院が決まって担任の先生にあいさつに行くと、若い女性の先生にアッサリ「切ったら治るんでしょう?」と言われた。こちらは死を目の前にしているのに、そのコントラストの強さにショックを受けた。子供の卒業式にも出られなかった。中学の入学式だってこの体力では行けるかどうかわからない。もっと早い段階で気づいていたら良かった……。今まで言葉にして考えるのを避け、浮かんでも捨てて、開けずにすんでいた蓋をその電話が開けてしまったのだった。

聴いて

入院を「ないしょ」にしていたはずなのに子供の保護者仲間が訪ねてきてくれた。当時は、いろいろな発見があっても内に抱えていた時期だったので、それをいくら語っても足りない言い尽くせない気持ちだった。一方で「こんなに長く私ばかりしゃべっていて悪いな」と思いながら、もどかしいと思いながら話していたのを覚えている。

後に患者会に参加するようになって、その時の事を別の角度から思い出した。ちゃんと聴いてくれる、安心して話せる人がいたから、話したかったのだと。誰かに受けとめてもらえる事は嬉しい事だった。仲間は(二人、別々に来てくれたが)二人とも女の子を持つお母さんだった。さすがに子育てをしているだけあって、ただ「うん、うん」とうなずいてずっと聴いてくれた。

家族とは、その話はしなかった。たぶん家族とは「日常」の世界の続きをしていたかったのだと思う。いつもの、病気の前と変わらない自分と家族を求めていたのかもしれない。医療者とも、そんな話をしなかった。する時間が設けられていたわけでもない。質問されたら、答えられたかもしれない。かもしれないが……難しかったに違いない。患者、家族、医療者は多分、何かの距離が近すぎるのだと思う。

振り返って、保護者のお母さん達に話したのは、「死」についての発見、ヘアピンカーブでの車と灰色の空間についてだった。私にとって新しい発見だった。家族に言わなかったのは、それが「死」についての話だったからかもしれない。心配をかける……。医療者には、「問われなかったから」だろう。問いには答えが含まれる。入院中も退院後も、直接問うた人はいなかったように思う。患者に対して「死」「死ぬこと」についてどう思うかを尋ねた人の最初がキューブラー・ロスなのだろう。埋もれている宝物がまだ、あるのかも知れないと思う。

励ましの言葉

病人になると言葉の聞こえ方が変わる。その意味が自分のなかで変わってしまったようだ。「がんばれ」は人を励ます時に使う言葉だが、言われる側には励ましにならない場合もあるのだとわかった。

その頃「がんばれ」で浮かぶ場面があった。高校野球、九回二死満塁の場面のピッチャー。追い詰められ、ただ一人必死に戦っているが、誰も助けてくれない。皆、遠巻きにして声をかけるだけ。「がんばれ」「頑張れ」もう十分がんばっているのに……「がんばれ」は孤独な言葉だった。

抗がん剤は「がんばる」事で何かできる相手ではない。生きる事に、生きる意欲を燃やす為にはすでに頑張っている。家族も皆そうだ。薬によるダメージを受けている私は「大嵐の浅い海のなか、狭い岩場に逃げ込んだ魚」のようなものだった。波に揺さぶられ、体を岩にぶつけながらも、必死に堪えて何とか身を守りながら、嵐が去るのを待つ事しかできない。翻弄《ほんろう》される弱い生き物……。これ以上何をしろと言うのだ。

退院前・再発の確率五〇パーセント

再発の心配は、治療が終わりに近づくにつれてふくらんで行った。病院にいる間は目の前の治療をこなす事で忘れていられたが、退院と同時に再発の「不安」を抱いて家へ帰ることになる。

主治医に再発について尋ねると、先生の論文のコピーを渡してくださった。几帳面に定規で引かれた赤いアンダーラインの部分には再発の確率五〇パーセントと書いてあった。「五年生存率」と聞くべきだったろうか？　うかつな私は当時、その言葉をよく知らなかったので使えなかった。

五〇パーセントという数字は高いとも思えなかったが、ちょうど半々というのには何か意味がある様に感じられた。気づいたのが「人間、明日生きているか死んでいるか、誰にもわからない。いつだって五〇《フィフティ》パーセント五〇《フィフティ》パーセントじゃないか」と。なーんだ。今もこれからもいっしょじゃないか。で、あまり考えない事にした。これは単純な考えかもしれない。でも単純だからこそ、この思いは強かった。私にはこの数字は良い数字だった事になる。

（かと言って、その後再発についての不安がゼロになったかといえばそんな事は全くない。定期検査のたび腫瘍マーカーの、少数点以下の数の加減で浮いたり沈んだりを繰り返していた）。

論文のなかにはどうしてもひっかかる言葉があった。それは「症例」という言葉だった。

誰にとっても「自分」という存在はかけがえの無い大切なものだ。しかし医学の感覚では単なる一症例――数字のうちの一つに過ぎないのだろうか？

この違和感と怒りが、後々作品を描こうとする強い動機になった。

生きる覚悟・買物

翌年の四月に退院。主婦の社会復帰は買い物から始まった。しばらくは自転車・バイクに乗らないように指示を受けた私の、買い物手段は徒歩だった。

最寄りのスーパーへはゆるい登り坂が続く。以前なら一〇分もかからない距離だったが、入院で衰えた体にとって、少しの傾斜でも体力を使うものと知った。梶井基次郎の小説のなかで、自分の体が「水準器」になったという表現があった。【「街を歩くと堯（主人公）は自分が敏感な水準器になってしまったのを感じた。彼はだんだん呼吸が切迫してくる自分に気がつく」『冬の日』より】、まさにその通り。私もなった。それだけではない。私は「はかり」にもなった。スーパーで買い物カゴを持つ。その重さが存在感を伴って腕に来る。一つ食品を増やすたび、切った腹部に負担がかかるのがわかる。多すぎれば戻さずにおられない。もしカゴにデジタルスケールがついていたら、確実に私は手に持っただけで物の重さを当てられるようになっていただろう。

店内を持ち歩くのもつらくてカートを使ってみた。しかしカートでは許容量を越えた事に気づかず、支払いを終えた後で後悔した。帰り道に何度も荷物を置いて休まなくてはならなかった。そんな時。ゆっくりゆっくり歩いてゆくと、情けなくて涙が出そうになる事もあった。望んでかかったわけではない。すべて受け入れて「生きた」けれど、これも「小さな地獄」だな、と。

生きる覚悟・外出

退院後しばらくの間、体を動かせる時間は二時間だった。限界を超すと、横にならずにおられなくて布団に倒れ込む。健康な時には考えてもみなかった事だ。「横になる」のが基準になると外出が制限される。その事に気づいてなかった。町に出れば「座る」所さえ少ない。しかし無性に町中に出たかった。人のいる雑踏を歩きたかった。活気のある場所へ行きたかった。なぜか赤い服を選んでいた。よく河原町（京都の一番の繁華街）に出かけた。横になれなくても、「体をもたせかけてゆっくり座れる所」を中心にコースを考えるようになった。今も思うが、病み上がりの人、リハビリをする人のためにリクライニング式のイスか横になれるシートのある休憩所が作れないものか。それは病人だけでなく子どもを持つ親、妊婦、高齢者の助けにもなると思う。公共の場所や病院だけでなく観光地や商店街にも「お疲れ様シェルター」のような利用しやすいネーミングで。

病人だって（病気だからこそ）旅に出たい、買い物だってしなくてはならない。「休憩の質」を提供する事で観光地の質も向上するのではないだろうか。

生きているという驕《おご》り

退院後の一年ほど、私は自分の新しい物（洋服など）を買う時に必ず「どうせ死ぬのだから、こんなもの買うのはもったいない」と思っていた。それは「自分は死ぬもの」「死ぬのが当たり前」の考え方だったと思う。

以前に聴いた仏教学者の中村元さんの講演で「人には三つの驕りがある。それは若いという驕り、健康だという驕り、そして生きているという驕りだ」とあった。その時の私には「生きているという驕り」が理解できずこころに残っていた。

ある時ふと「生きているという驕り」とは「生きているのが当たり前」の態度なのかと思った。自分が生きていることが当然で、死ぬ側からの視点を持たず、自分が死ぬという想像すらせず、死について目をつむり、自分の死も他人の死も無い事にしてしまう。そして死にゆく人・死に向かいあう人に対して直視できずにこころが逃げてゆく。それが病気になる前の自分だったと気づいた時、がんになって良かった事があるとすればこれかと思った。健康なままでいたら、私はもっと驕った人間であっただろう。そんな時、ある書の展示会で出会った言葉にハッとした。石川恭子という人の作だった。

「今日私が無駄に過ごした一日は昨日死んだ誰かが切実に生きたかった一日だ」

時がたち、一日を無駄に過ごす側に戻りつつあるような気がする。自戒を込めて。

海に潜《もぐ》る人

八月、体力が実家に帰省できるほど回復した。実家でのある夜、テレビのドキュメンタリー番組で当時「素潜り世界一位」の男性を見た。素潜り競技では、酸素ボンベをつけず自分の息一つで海に深く降りる深さを競うという。映像では百メートルを超す、光の届かない暗い水の底へ向かって、男がゆっくり静かに降りてゆく。それを見ながら「彼は自分のなかへ潜ってゆくのだ」と感じた。そしてその静けさを私も知っていると気づいた。

私は百合を描くために里山へ通っていた。人気《ひとけ》の無い場所でスケッチをしていると、集中しながらも、初めは耳に入らなかった周囲の音――水音、虫の羽音、鳥の声、樹々のざわめきが聞こえてくる。その時は時間の感覚が無くなる。何かを真剣に描く時、描き手は対象を百パーセント肯定し尊重するので、「自分」の存在は空っぽに近くなる。ある年、その「空」になった場所に周囲の自然が入って来ているのだと気づき、確かに自分が自然と一つなのだと感じた。この気づきは理屈からでなく、何年もかけ自分の手を通して花（自然）を描き続けるなかで私のもとに来たものだった。それは劇的に来たのではなかったから、淡々と感じてはすぐに忘れてしまうものだった。

世界つまり宇宙との一体感、その穏やかさと静けさ・時間の無さは「永遠」という言葉を思いおこさせる。私がこの世からいなくなったとしても、その感じは残る――という気がするほどの現実感と充実感をそなえていた。「なあんだ、私が死んだって永遠はあるじゃないの」。

なぜ潜る人の姿から思い出したのか。絵描きは描く事を通して世界を探る――それは同時に「世界と一体である自分」のなかに深く潜ってゆく事だったのだろう。そしてそれは彼にとっても同じだったのではないか。こういう事が言葉で表せるようになるまでに十数年の時間が必要だった。

イメージの崩壊

実家からは伯母と従兄弟に会いに九州へ足を伸ばした。病後初めて会う家族・親戚の温かさに触れ、京都へ帰る新幹線の車中でそれがおきた。よく晴れた日、関門海峡あたりだった。イメージトレーニングに使っていた「がん細胞を咬む大型犬」の図が頭のなかで崩れ落ちた。犬の立つ地面が大きく揺れバラバラに砕け、すべてが大地に飲み込まれてしまった。一瞬だがハッキリした映像だった。

この時、病気にとらわれている自分がいっしょに崩れたようだ。こころの底が少し軽くなった。とは言え凡人の私は、それで何もかも（悩み・迷い）がスッキリ消えるわけでもなく、思い出してはイメージトレーニングをしていたが、もう攻撃的なイメージは使わなかった。

免疫力

体には自分を守るための警察や軍隊の役割をする免疫細胞がある。白血球やＮＫ（ナチュラルキラー）細胞などであるが、それについて深く印象に残った事がある。

まず白血球について。白血球は大きな細胞で、相手を丸飲みにして食べた後に自分も死ぬという。私の命を守るために死んでくれる存在があるとは。それが六〇兆あるという私自身の細胞の一部だとしても、ありがたい犠牲の上に健康がある事に気づかされた。

もう一つは「アポトーシス（細胞の自死）」について。ウイルスに感染したりがん化した細胞は、増えてゆかないように細胞核が自分から壊れて死ぬそうだ。攻撃をしなくてもがんが自ら消える事があるとは知らなかった。

がんも私の細胞、生まれたからには生き続けたいと願っているはずだ。普通の細胞は寿命が来れば従うのに、がんは生存欲の強い「死なない（自然死しない）」細胞らしい。だから増えすぎて体全体のバランスを壊した結果、自分も生きられない状態を作り出してしまう。がんがアポトーシス（自死）

を受け入れれば全体が救われる。強すぎる欲望を手放し死を受け入れる……。これは細胞レベルだけの問題ではない気がした。

最近の新聞記事によれば、体内で生まれるごく初期のがん細胞は、免疫細胞でない普通の細胞が倒しているとわかったらしい。つまり警察や軍隊が必要になる前に一般市民が自力で身を守っているのだ。

この話は私が今まで感じていた疑問を解いてくれたと感じた。笑ったり、好きな事をして楽しんだり、話をしてスッキリしたり、また「至高体験」を得る……こういうこころにプラスの事柄がなぜ体のプラスになるのか？ こころと体はつながっているから、きっと一般細胞の活力を上げて免疫力全体の底上げをするにちがいない。免疫細胞は強いとしても、その数は全体のごく一部だ。六〇兆すべてがパワーアップして立ち上がる、そのカギを握っているのは患者である自分自身なのだと思えた。

がん治療の方法は手術・放射線・抗がん剤……どれも専門的知識と技術、経験の必要なものばかりであり、患者はそれを持たない。告知ショックで命の大切さに気づいたとたん「その命は他人にしか救えません」と知らされるようなもので、無力感を感じる。自分の命が他人に握られているかのような弱い立場……うまく言えないのだけれど、それはとても良くない状態だ。多分、自分が自分の体に対して何もできないと思うのは、自立や自尊、そして尊厳にかかわる事なのだろう。

だから患者が「ベッドに寝ていてもできる事がある、自分も治療に参加できる」と思えるのは大切な事だと思う。私はイメージとの対話やイメージトレーニングを知っていたおかげで、こころが救われていた、と今になって感じる。

患者会への参加

幸い再発もなく十数年がたった頃、京都ＹＭＣＡの「患者と家族の会」のチラシを見つけたが、最初は出席をためらった。迷信と笑われても、思い出すとまたがんがやって来る（再発する）のではないかという考えが頭に浮かぶせいだった。十年たってもそう思うのがこの病気の特徴だろうか。また、私と違う場所のがんの患者と体験を共有できるかにも疑問を感じた（それはすぐに杞憂《きゆう》だとわかったけれど）。それでも結局参加したのには三つの理由があった。

一つには自分の体験を情報として提供する事で現役患者の役に立つ事があるかもしれないと思ったせいだ。特に女性特有のがんでは、口頭なら話せるし口頭でしか話したくない事もある。

二つ目は、参加するなかで体験と向き合い気持ちの整理をしたいと思った。退院後「せっかくだから体験記でも書いたら？」と勧められた事があった。その時、絵を描く私に何かできるとすれば、「絵巻物」のように体験中のイメージの絵と文章を並べた作品展かと思った。しかし当時は月日がたち、少しずつ生々しい記憶が薄れるのを感じていた。

最後に、自分の体験のなかのスピリチュアルな部分（イメージとの対話や気づき）を誰かと共有・共感できるかもしれないと期待した。

患者会は眉間にシワを寄せて集う会ではない。むしろ顔なじみができて、笑顔になる事が多い。一方で「今日初めてこれを口に出せました」と語られる積もる想いを、場の皆が耳傾ける日もある。本人がそれをぐちだと言われても、本当は「魂の叫び」であることを皆が承知している。患者会についてはここで書き切れない程の出会いと学びがあり、今も続いている。時に一緒に泣き、しばしば大笑いしながら。そのなかで「患者」がいるのではない、「人生」があるのだとつくづく思う。

患者会では驚く事もあった。難しいがん、骨転移までしたがんが消えた人がおられると知った。私は六年間で二人の方と実際にお会いしたことがある。

医療者と患者の間で

患者会に参加した御縁で二つのボランティア団体に参加し、病院内での活動も行うようになった。そのなかで患者が退院前後に感じる「生きる不安」に対して、医療者がもう少し理解して配慮を加える事で改善される余地があると思った事柄がある。

退院は治療が一応終わったゴール地点であり「めでたい」事として皆が送り出してくださる。もちろん患者と家族にとっても喜びの時なのだけれど……同時に患者が「生きる覚悟」と表現したい程の「大きな不安」を一人で抱え始めるスタート地点でもあると、深くは理解されていないと感じる。

患者は短くても五年かそれ以上、再発の不安を常に持ち続ける。場合によれば外見からわからない障害（内部障害と呼ぶらしい）と一生のつきあいが始まる。がんである事を周囲に伝えない選択をする場合もあるなか、障害や通院をオープンにできない方の気苦労や不利益は計り知れない。特に仕事や再就職に関しては、一般に想像される以上のものがある。

国立がんセンターによれば初発患者のうち適応障害になる方が一三～一四パーセント、うつ病が四～五パーセント、再発患者では適応障害が三五パーセント、うつが七パーセントという。医療者は、患者の症状が軽い・重いにかかわりなくうつになる可能性がある事を強く思って欲しい。特に若い方、一人暮らしの方、困難を抱えている方へは退院前から配慮をお願いしたい。

たとえば「こんな状態――眠れない日が長く続く、食欲が無くなり食べられなくなる、自分が価値の無い人間だと思う、自分から死ぬ事を考える――これはうつの可能性がありますから必ず教えて下さい。こころがつらくなったら次の予約日より前でも電話して予約を入れて下さい（又は来院して下さい）」と、主治医から案内しておいてほしい。その上で院内に精神科や心療内科があれば医師と一度「顔あわせ」をしてもらえたら素晴らしい。「〇〇先生は信頼できる先生だから安心してお話できますよ」と紹介してもらっていれば、敷居が高いと感じられる科でも、いざという時に気持ちを楽に受診できると思う。

そしてつらそうな方には、病院内のすべての職員が「つらかったらお話を聴きますよ」と声をかけて欲しい。「聴きます」という断定は、遠慮がちな患者のこころに強い味方となってくれるはずだ。患者は自分を正しく理解してくれ受けとめてくれた方を選んでこころを開く。それをただ「聴いて」もらいたい。

すべての医療機関のすべての医療者が、この予防的配慮と言葉のプレゼントを温かいこころとともに患者に与えてくれたら、多くの患者の力になるはずだ。

最後に、御世話になったすべての方に最大の感謝の気持ちを送りたい。直接に恩返しをできない私は、せめて誰かに恩送りができるようでありたいと願っている。非力な私が持っているものは患者になって得た力。そしてそれは「こころの減災」に関する力だと思っている。

患者としての個人的な体験を書いたが、そのなかにだれにでもあてはまる普遍的なものがあるとすれば、それを感じるのは読者の力だろう。また「語れない言葉」を「無いもの」として扱うのでなく「目に見えないもの、耳に届かないものもある」と観じて敬うとすれば、それは人のこころや魂の力だろう。

身近に患者さんやそのご家族のおられる方で、励ましの言葉をかけたいが、どう言えば良いかに困る……という声を聞く事がある。頑張れと言っていけないなら、何を言えば良いのかと。

自分が患者になって、見舞いや励ましの言葉に敏感になった。折にふれ感じていた違和感を、やっと形にできたのが「患者――励まし――」の詩である。だけど自分が励ましの言葉を適切に伝えられるようになったわけでもない。ただ、失敗から学んだ、これだけは言わないでおこう、というセリフがある。それは「〇〇さんはこうだったのだから、あなたも早く前向きにならなくちゃ」。どんなに素晴らしい事柄でも本の内容でも、患者は比較されたように感じ、思うようにならない自分が責められたように感じる。未だ言葉にできない辛さの最中にいる方には、逆効果になりかねない。本ならばむしろ黙って、さりげなく手渡して欲しいと願う。

患　者――励まし――

「あなたと同じ人が
他にもたくさんいる」と
言われても
今のつらさが変わるわけでもない
的を外れたなぐさめは
何の役にも立たない

「がんばれ」と言われたら
距離を感じる
がんばれは
孤独な言葉だと
あなたはまだ気づいてない

もう充分　がんばっているのに
「ぐちを言っている」と思われたら
それは違う　と強く思う
単に私が弱いだけに
してしまいたい
あなたの恐れるこころだ

ありったけの知人の病気話を
とうとうとする事で
私の話をふさいでしまう
それはあなたの
聴きたくないこころだ

欲しいものは
見舞の品でも金でもない

まして
言った人だけが満足する
励ましの言葉でもない

欲しいものは
死の前には無力だと
お互い　わかった同士の
同じ地平に立つ言葉

欲しいものは
こころに届く言葉と
この世に唯一人の
「私」が悩むことを
認めるこころ
共にあろうと
努めるこころ

弱さも含めたまるごとの私を
受け入れるこころ

そのこころの表れである
あなた

繰り返すつらさを
そのたびに
受け止めてくれる耳なら
言葉など
無くてもよいものを

宝　冠

私に観えるものを語ろう
病む人の言葉は
同じ痛み
同じ苦しみ
同じつらさ
いつも　いつも
同じ繰り返し

からみつくクモの巣のように
降りかかる枯葉のように
顔を打つ笹竹のように
あなたはそれを

払い除《の》けたい
飽《あ》き、倦《う》んで、悲鳴をあげ
逃げ出してしまいたい
苛立《いらだ》ち　じりじりし
叫び出してしまいたい

しかし
いつかそれに堪《た》え
あなたに「力」ができた時
すべてが
宝石の雨に変わる

陽に照らされた小雨の粒のよう
燦々《さんさん》と煌《きら》めきながら
降るもののなかで
あなたは深く頭《こうべ》を垂《た》れ

静かに歩いて行く事だろう
その　あなたの頭上には
輝く冠《かんむり》が載《の》っているだろう

あとがき――「患者の力」とは――

病室の窓から見える景色は、患者に「生きるとは」と問いかけ
病棟のにおいは、患者に「治るとは」と問いかけ
駅前の雑踏は、患者に「当たり前とは」と問いかけてくる

昨日まで、京都の風景に融け込み
自分のなかで取り立てて話題になることもなかった「大文字山」に
自分の生が見つめられている
昨日まで、自分とは関係のないところで開発され発展してきた優れた医療機器
今、それらに囲まれ
「治療される人」として病棟の住人とならざるをえない不機嫌な身体を引きずる
昨日まで、電車に乗って駅を出て人混みのなかに消えていく自分に
「私は存在しているのか」などと問うこともなく

「当たり前」という言葉にすら気づかず
有りのすさびに「生」に漬かっていた日常が遠のいていく

それまで馴致していたはずの「死」は
潜水艦のように隠密に自分の意識の暗い深みを潜行していたのに
ある日を境に突如、抑圧の水面をつきやぶって、意識の明るみに浮上する
「死」の潜望鏡をさらに突き出し外の世界を眺めると
誰もかれも「生」を知らずに生きているようにみえる
「みんな生を知らない、そうか、死を見ていないからだ」と気づく

「死」の前で、ひとりぼっちになり
自分だけが、死の位相から家族を含めた元気な人々の世界をみている
そんな孤独のなかにいるとき　家族や医療者からまなざしを向けられ
他者との間《あわい》のなかに自分を確認し
他者の瞳に映っている自分の姿に
己の確かな「生」を見つけることができる

「患者の力」とは「生きようとする力」と
「周りの人々の患者への温かなまなざし」そのものだった

同じ病に悩み苦しむ人に少しでもお手伝いができればと執筆してくださった患者体験者の言葉そのものが、「患者が患者に対してできること」という意味で、患者でなければ書けない、患者だけが持っている、患者を救う「患者の力」と言えるでしょう。専門書をいくら読みあさっても、薬の副作用の本当の辛さは書いていないし、その薬を使用しているときの患者の言葉にならない不安、検査や手術に対する凍るような恐怖は、わかりません。患者体験者の言葉に、がんを生きる道筋の真実が埋め込まれているのです。「患者の力」という本書は、「患者が患者に捧げる力」を込めた本でもあるのです。

家族を思い家族との時間のなかで病と闘っている人、「これががんを生きるということの真実の姿です」と医療者としてのスタンスを貫き病態病状を同じ病の人のために具《つぶさ》に記した人、がん患者である自分を俯瞰し、いかにしてがんをおもしろく生き抜くのかを模作した人、いのちをつなぎ、つないだいのちと共に自分のいのちを大切に生きる人、闘病中のこころ模様を豊富な言葉と感性でみごとに描き出した人、がんという同じ病をもつ者の思いをすくい上げ共感し、援助することで自らも強く生きようとした人、さまざまながん体験記が本書の奥行を深めました。

文章の行間に差し込まれた家族、医療者など周囲の人たちへの感謝の意を感じたのは私だけではないでしょう。

本書を手に取ることなく天に召された佐治弓子さん。

二〇一二年七月一一日夜、ようやく私の手元に本書の初校が届きました。初校が届く一週間ほど前、ホスピスに移られた佐治弓子さんのお体の状態があまり良くないと聞いておりましたので、「初校を早く、早く」と気持ちばかり急《せ》いておりました。

仕事で帰るのが遅くなった私は手にした初校の包みを慌てて開梱しました。晃洋書房の編集者井上芳郎さんの「急いで校正してください」という手紙が添えられ、井上さんの焦る気持ちが伝わってきました。

初校が届く前に、佐治弓子さんのご主人に「間もなく初校が上がるようですが、弓子さんは校正できそうでしょうか」と電話で尋ねましたが、ご主人からは「ちょっと、無理ですね。意識がはっきりしていないので」ということでした。「では私の方で、校正させていただきます。ご心配いりませんからね」と電話を切りました。初校を手にし、弓子さんの原稿から目を通し始めました。そこには、薬剤師らしく冷静な目をもって自分の病状が記されていました。「いつも、にこにこ笑っていたけれど、こんなにもたいへんな状況を淡々と生きておられたのか」と驚きと尊敬の念で、校正することも忘れて原稿にくぎづけになりました。

患者とは、なんとすごい力をもっていることか、「耐える」「生きる」を同時に体現し、「ありがとう」という小さな五文字の深き意味をそこかしこにちりばめて人生の最終章を生きている、ただただ頭が下がる思いでした。原稿を読み終え、床についたのが七月一二日の午前三時ごろでした。

翌朝ゆっくり机に向かい、よいしょといすに腰をおろし、いつものようにパソコンを立ち上げメールを開きました。そこに届いていたメールは佐治弓子さんのご主人からのメール。「件名」に「佐治弓子が永眠しました」とありました。旅立たれたのは午前三時と。

「なんということ、もうすぐ本が……」。事の終わりを我々に問うことなく決定する時間というものへの届かなさを痛感し、どくどくと響く自分の心拍を感じながら、しだいにかすんでくるメールの文字をしばらく見つめていました。思えば、昨夜未明、私が弓子さんの原稿を読み終え、ほっとして床についたとき、弓子さんは旅立っていかれたのでした。大切な言葉を私たちに託し、いつものにこにこ顔で、「泰子さん、じゃあね」と言っているような気がしました。弓子さんは「がんと共に生きる」と常に堂々とそのあっぱれな生き様を私たちに見せてくれていましたから。

七月一三日、弓子さんが入院していたホスピスのすぐ近くにある小さな教会でご葬儀が営まれました。参列者のなかには弓子さんがそのいのちを賭して立ち上げた「がん患者サロン」の皆さんがおられました。患者がその思いを「話す場」、「聴く場」が必要なのだと訴え続けた弓子さんが残した「がん患者サロン」、大切に育てられることを願ってやみません。

佐治弓子さん、みごとな「患者の力」を見せていただき、そして「患者の力」の存在をお教えいただきありがとうございました。できあがったこの本を弓子さんの手にお渡しできなかったことをこころより深くお詫びいたします。

本書の内容が、きっと苦しいなかにいる患者さんたちの力になると信じます。

佐治弓子さんのご冥福を衷心よりお祈りいたします。

合掌

本書を刊行するにあたって、熱心に支えてくださった晃洋書房の井上芳郎様と執筆依頼にご快諾いただいた筆者の皆様にこころより感謝申し上げます。

二〇一二年八月

佐藤泰子

《編著者紹介》

佐藤泰子（さとう　やすこ）

1960年生まれ．香川県出身，京都大学大学院修了，京都大学博士（人間・環境学）．現在，京都大学大学院人間・環境学研究科研究員，京都大学非常勤講師．

患者の力
——がんに向き合う，生に向き合う——

2012年11月20日　初版第1刷発行
2013年11月5日　初版第2刷発行
＊定価はカバーに表示してあります

編著者の了解により検印省略

編著者　佐藤泰子©
発行者　川東義武
印刷者　江戸孝典

発行所　株式会社　晃洋書房
〒615-0026　京都市右京区西院北矢掛町7番地
電話　075(312)0788番(代)
振替口座　01040-6-32280

ISBN978-4-7710-2394-9
印刷　㈱エーシーティー
製本　㈱兼文堂